Leonardo Sciascia:
Todo modo
oder das Spiel um die Macht
Roman

Deutscher
Taschenbuch
Verlag

dtv

Von Leonardo Sciascia
sind im Deutschen Taschenbuch Verlag erschienen:
Der Tag der Eule (10731)
Tote auf Bestellung (10800)
Tote Richter reden nicht (10892)
Das Hexengericht (10964)

Ungekürzte Ausgabe
1. Auflage Januar 1990
Deutscher Taschenbuch Verlag GmbH & Co. KG, München

Titel der Originalausgabe: ›Todo modo‹
Berechtigte Übertragung aus dem Italienischen von Hansjörg Hofer

ISBN 3-545-36257-4
Umschlaggestaltung: Celestino Piatti
Gesamtherstellung: C.H. Beck'sche Buchdruckerei, Nördlingen
Printed in Germany · ISBN 3-423-11168-2
1 2 3 4 5 6 · 95 94 93 92 91 90

Das Buch

Schauplatz dieses Mafia-Romans ist eine Einsiedelei, die von Don Gaetano zu einer komfortablen Tagungsstätte umgebaut wurde. Alljährlich treffen dort Topmanager von Industrie und Kirche auf Politiker und Bankiers, um unter dem Deckmantel geistlicher Exerzitien Verbindungen anzuknüpfen und Absprachen auszuhandeln. In diese Atmosphäre von Intrige, Parteiinteresse und Korruption platzt eine Nachricht: Einer der Teilnehmer wurde ermordet aufgefunden. Die Polizei schaltet sich ein. Da fällt das zweite Opfer, dann das dritte ... »In einer Gesellschaft, die nicht mehr an Wahrheit interessiert ist, hilft Sciascia oft nur der Galgenhumor. Er ist die Grundstimmung von Sciascias Romanen. So gesehen sind die ›Reißer‹ durchaus moralische Lehrschriften.« (Iris Denneler in ›Der Tagesspiegel‹, Berlin)

Der Autor

Leonardo Sciascia wurde am 8. Januar 1921 in Racalmuto auf Sizilien geboren. Bis 1957 Volksschullehrer in seiner Geburtsstadt. Seither freier Schriftsteller und zeitweilig Parlamentsabgeordneter. Wichtige Werke: ›Der Tag der Eule‹ (1961; dt. 1964), ›Der Abbé als Fälscher‹ (1963; dt. 1967), ›Tote auf Bestellung‹ (1966; dt. 1968), ›Tote Richter reden nicht‹ (1971; dt. 1974), ›Todo modo oder das Spiel um die Macht‹ (1974; dt. 1977), ›Aufzug der Erinnerung‹ (1981; dt. 1984), ›Das Hexengericht‹ (1986; dt. 1986).

Als daß nämlich die gute Ursache von allem zugleich vielredend ist und kurzredend, und auch nichtredend, als daß sie weder Rede noch Intelligenz hat, weil sie über allem überwesentlich hinausliegt, und weil sie allein denen unverhüllt und wahrhaft erscheint, welche alles Befleckte und Reine durchgehen, und über jedes Aufsteigen aller heiligen Höhen hinausragen, und alle göttlichen Lichter und Töne und himmlische Rede verlassen, und sich ins Dunkel tauchen, wo nach der heiligen Schrift der wahrhaft ist, welcher über allem hinaus ist ... Indem wir wieder aufsteigen, sagen wir, daß Gott weder Seele noch Geist ist, daß er weder Phantasie, noch Vorstellung, noch Verstand, noch Geist hat, daß er auch Verstand und Geist nicht ist, daß er nicht ausgesprochen und nicht gedacht wird, daß er keine Zahl, keine Ordnung, keine Größe, keine Kleinheit, keine Gleichheit, keine Ungleichheit ist, und auch keine Ähnlichkeit und keine Unähnlichkeit, daß er nicht steht, nicht bewegt wird, nicht ruht, keine Kraft hat, und weder Kraft noch Licht ist, daß er nicht lebt und nicht Leben ist, auch nicht Wesenheit, Ewigkeit, Zeit, daß er mit dem Geiste nicht berührt oder befühlt werden kann, daß er nicht Wissenschaft ist, nicht Wahrheit, nicht ein Reich, nicht Weisheit, Eines, Einheit, Gottheit oder Güte, und nicht einmal ein Geist, wie wir uns den Geist denken, nicht Sohnschaft, nicht Vaterschaft, überhaupt nichts von dem, was uns oder einem anderen der Seienden bekannt ist; er ist auch nichts Nichtseiendes, und nichts Seiendes, und das Seiende erkennt ihn nicht, insofern es ist, und er erkennt das Seiende nicht, insofern es Seiendes ist; er hat keinen Verstand, keinen Namen, keine Kenntnis; er ist nicht Finsternis, nicht Licht, nicht Irrtum, nicht Wahrheit ...

Dionysius Areopagita, De Mystica theologia

Sie ließ den letzten Schleier der Scham fallen, indessen sie Sankt Klemens von Alexandria zitierte.

Casanova, Histoire de ma vie

»In Anlehnung an eine berühmte Definition, die das Kantsche Universum als eine Kausalkette darstellt, die an einen Akt der Freiheit anknüpft, könnte man«, so meint der bedeutendste italienische Kritiker unserer Tage, »das Universum Pirandellos als eine lange Knechtschaft in einer Welt ohne Musik betrachten, die an eine unendliche musikalische Möglichkeit anknüpft: die harmonische und erfüllte Musik des sich selbst überlassenen Einzelmenschen.«

Es war, als hätte ich eine solche Kausalkette rückwärts verfolgt und wäre wieder bei der grenzenlosen musikalischen Möglichkeit gewisser Augenblicke der Kindheit und Jugend angelangt: im Sommer auf dem Land, als ich mich oft stundenlang an einen heimlichen Ort zurückzog und mir einbildete, niemand könne dieses Versteck zwischen Bäumen und Wasser finden. Da verschmolz musikalisch das ganze Leben, die kurze Vergangenheit und die lange Zukunft grenzenlos mit der Freiheit des gegenwärtigen Augenblickes.

Aus vielerlei Gründen ging mir der Satz des Kritikers durch den Kopf. Nicht zuletzt deswegen, weil ich an einem Pirandello-Ort geboren wurde und jahrelang an Pirandello-Orten unter Pirandello-Figuren und mit Pirandello-Traumata gelebt habe, so daß meine Erinnerung und mein Gefühl keinen Unterschied machen zwischen den Büchern des Dichters und dem Leben, das ich bis über die Jugendjahre hinaus geführt habe. Der Satz des Kritikers ging mir also aus vielerlei Gründen durch den Kopf, und er wurde mir dabei immer klarer (so daß ich ihn jetzt aus dem Gedächtnis zitiere, ohne nachzuschlagen): als Satz oder Thema der unendlichen musikalischen Möglichkeit, über die ich verfügte. Oder wenigstens zu verfügen glaubte.

Einfacher gesagt: Ich hatte weder berufliche noch gefühlsmäßige Verpflichtungen. Ich besaß gerade genug (viel oder wenig, wie man's nimmt; ich selbst redete mir ein, es sei wenig), um alle Bedürfnisse und Wünsche zu befriedigen. Ich hatte keinen Zeitplan, kein Ziel (außer den eher zufälligen Essens- und Schlafenszeiten), und ich war allein. Es gab für mich keine Sorgen, außer vielleicht jener unbestimmten, beklemmenden Lebensangst, die ich immer wieder verspürt hatte und mit der sich jetzt eine gewisse Unruhe und Besorgnis um jenen Akt der Freiheit verband, den ich noch vollziehen mußte. Dennoch waren dies vage und fast unwirkliche Ängste. Es schien, als befände ich mich in einem Spiegelkabinett, das einen nicht mit Bedrängnis erfüllte, sondern licht und friedlich war wie die Stunde und die Landschaft, die ich durchfuhr – ständig bereit, jenen Akt der Freiheit aufs immer neue zu vollziehen, sobald ich es wirklich wollte.

Ich fuhr im Auto. Und dieses Verkehrsmittel, das ich sonst verabscheute und nur selten benutzte, war in dem Augenblick zu einem Bestandteil meiner Freiheit geworden, da ich mich entschlossen hatte, frei zu sein. Ich fuhr ziemlich langsam, und so war es nicht gefährlich, wenn meine Gedanken und Blicke abschweiften. Ich betrachtete ruhig die Landschaft, als mir an einer Wegbiegung das Schild auffiel. *Einsiedelei Zafer drei* stand da schwarz auf gelb.

Es war wie ein Köder, an dem sich meine Unruhe und Besorgnis festbissen. Ich hielt an und ließ den Wagen langsam rückwärts rollen, bis ich die gelb-schwarze Hinweistafel vor mir hatte. *Einsiedelei Zafer drei.* Das Wort Einsiedelei, der Name Zafer, die Ziffer drei: Sie wirkten, wenn auch auf verschiedene Weise, ungemein suggestiv auf mich. Hinzu kam, daß es drei waren, die Drei wiederholte sich, und außerdem war ich genau seit drei Tagen unterwegs. (Allerdings, ich gebe es zu, leide ich an einer leichten Dreifaltigkeitsneurose, von der ich nicht weiß, wie sie entstanden ist.)

Eine Einsiedelei ist ein Ort der Einsamkeit. Nicht der objektiven Einsamkeit der Natur, die man am stärksten empfindet und schätzt, wenn man in Gesellschaft ist; die man meint, wenn man von einem einsamen Plätzchen spricht. Nein, die Einsiedelei spiegelt die Einsamkeit eines Menschen wider; sie ist von Empfindungen, von Meditation, vielleicht sogar vom Wahnsinn durchdrungen. Und Zafer: Das konnte sowohl ein muselmanischer wie ein christlicher Asket sein. Vor allem waren es genau drei Kilometer: nicht mehr und nicht weniger.

Ich wendete den Wagen, bog in den Asphaltweg ein (der Asphalt hätte mich warnen müssen), und fuhr die Steigung hinauf. Korkeichen und Kastanienbäume standen Spalier, und die Luft duftete nach blühendem Ginster. Und plötzlich lag vor mir ein riesiger asphaltierter Parkplatz, der an einer Seite von einem scheußlichen Betonklotz mit schmalen, länglichen Fenstern abgeschlossen wurde. Enttäuscht und verärgert hielt ich an. Die Straße hörte hier auf; also konnte dieser monströse Bau nur die Einsiedelei sein. Wahrscheinlich ein Hotel.

Einen Augenblick überlegte ich, ob ich kehrtmachen und zurückfahren oder ob ich aussteigen sollte, um mir diesen Betonklotz näher anzusehen. Es siegte die Neugierde. Und auch das Bedürfnis, meinen Ärger, anstelle einer Einsiedelei ein Hotel vorgefunden zu haben, an irgend jemandem auszulassen, und irgend jemand mußte wohl in dem Haus sein, auch wenn es unbewohnt schien und absolute Stille herrschte. Ich stieg aus. Den Wagen schloß ich ab, so unheimlich wirkte die Stille. Die große Glastür stand offen. Ich trat ein. Wie ich es erwartet hatte, stand ich in der Empfangshalle eines Hotels. In der Portierloge, vor dem schlüsselbespickten Fächerbrett, saß ein junger Priester mit langer, brauner Haarmähne und las in einem Peanuts-Heft. Als er mich eintreten sah, blickte er gequält auf. Er beantwortete meinen Gruß, aber nur seine Lippen bewegten sich.

»Verzeihung, ist das hier eine Einsiedelei oder ein Hotel?« fragte ich mit einer gewissen Schärfe und Ironie.

»Beides.«

»Die Einsiedelei Zafer?«

»Die Einsiedelei Zafer, genau!«

»Und das Hotel?«

»Was, das Hotel?«

»Und wie heißt das Hotel?«

»Zafer.« Und deutlicher, mit Nachdruck auf jeder Silbe, als fürchtete er, ich würde ihn sonst nicht begreifen: »Hotel Zafer.«

»Einsiedelei Zafer, Hotel Zafer, nun gut – und wer war Zafer?«

»Ein Einsiedler natürlich. Ich sagte ja, dies war eine Einsiedelei!«

»War!« unterstrich ich.

»Ist!«

»Sie haben eben selbst gesagt: War... Nun gut: ein muselmanischer Einsiedler?«

»Wieso? Glauben Sie etwa, wir würden einen Moslem verehren?«

»Warum nicht? Die ökumenische Bewegung ...«

»Die ökumenische Bewegung hat damit nichts zu tun. Zafer war ein Moslem. Aber er hat sich zum wahren Glauben bekehrt.«

»Der wahre Glaube – das ist doch ein muselmanischer Ausdruck!« (Es machte mir Spaß, ihn zu ärgern.)

»Mag sein«, sagte der Priester. Er schielte nach dem Peanuts-Heft, um mir zu zeigen, daß ich ihn langweilte.

»Verzeihen Sie, wenn ich störe« – mein Tonfall ließ keinen Zweifel daran, daß ich stören wollte –, »aber ich möchte ein paar Dinge über Zafer wissen. Über die Einsiedelei ... Und über das Hotel.«

»Sind Sie Journalist?«

»Nein, wieso?«

»Weil Sie dann hier nur Ihre Zeit vergeuden würden. Der Skandal ist längst vergessen.«

»Welcher Skandal?«

»Wegen des Hotels. Angeblich hätte es nicht gebaut werden dürfen. Angeblich verschandelt es die Landschaft. Aber darüber haben die Zeitungen schon vor drei Jahren geschrieben.«

»Ich bin kein Journalist. Doch das mit dem Skandal interessiert mich.«

»Und warum?«

»Ich habe nichts zu tun ... und Sie auch nicht, wie ich sehe.«

Resigniert legte er das Peanuts-Heft beiseite. »Tatsächlich«, meinte er, »hätte ich genügend zu tun.«

»Was denn?«

»Oh ...« meinte er mit einer Handbewegung, die all die Dinge umfaßte, die er zu tun hatte, die ganze Plackerei, die ihn wer weiß wie lange Zeit erwartete, und für die er sich durch Peanuts-Lektüre fit halten mußte.

Ich sagte ihm das. Er fühlte sich getroffen, wurde aber gesprächiger.

»Was soll ich Ihnen schon erzählen? Über den Skandal, das heißt darüber, wie die Dinge von gewissen Zeitungen und Politikern dargestellt worden sind, weiß ich wenig. Der Skandal war eben da, und basta! Hier stand eine Einsiedelei: eine zerfallene Klause und eine baufällige Kapelle. Vor drei Jahren hat Don Gaetano dann mit dem Bau des Hotels begonnen... Der Staat schützt diese Landschaft, ich weiß, aber nachdem Don Gaetano den Staat schützt... Kurz und gut: das übliche Lied.« Er lachte bissig, und es war nicht klar, ob dieses Lachen Don Gaetano galt, oder dem Staat.

»Und wer ist Don Gaetano?«

»Das wissen Sie nicht?« fragte der Priester ungläubig.

»Müßte ich ihn denn kennen?«

»Ich würde sagen ja.« Der andere begann sich zu amüsieren.

»Und weshalb?«

»Er hat sehr viel geleistet und leistet heute noch viel.«

»Er hat dieses Hotel gebaut, gut. Und die anderen Dinge, sind die in derselben Art?«

»Dieses Hotel hat er sozusagen mit der linken Hand verwirklicht.«

»Und mit der rechten?«

»Schulen: zu Dutzenden, vielleicht sogar zu Hunderten. Überall hat er Schulen errichtet. Sogar eine Universität ist darunter.«

»Hunderte von Schulen und ein Hotel.«

»Drei Hotels.«

»Aha, drei Hotels! Und jedesmal hat er eine Einsiedlerklause abreißen lassen?«

»Er hat die Klausen nicht abreißen lassen. Sie sind Teil des Hotels geworden. Die Klause des Zafer ist noch vollständig erhalten. Eine Krypta ist daraus entstanden.«

»Die man sich ansehen kann?«

»Ja, das kann man«, seufzte er matt, als rechne er damit, daß ich sie zu sehen verlangte. Ich fragte nicht danach.

»Und Don Gaetano?« sagte ich statt dessen.

»Don Gaetano, was?«

»Kann man sich auch Don Gaetano ansehen?«

»Er ist jedenfalls hier, den ganzen Sommer über. Von den Hotels, die er gebaut hat, ist ihm dieses das liebste.«

»Wieso?«

»Ich weiß es nicht. Vielleicht, weil ihn Jugenderinnerungen mit dieser Gegend verbinden. Vielleicht auch, weil er um dieses Hotel am längsten kämpfen mußte. Einen Kampf, den er allerdings gewonnen hat.«

»Klar, er mußte ihn gewinnen.«

»Ja, er mußte ihn wohl gewinnen«, stimmte er mir bei. Er sagte es stolz und doch so, als schäme er sich ein wenig.

Ich sah mich in der Eingangshalle um.

»Ruhig ist es ja, zugegeben«, sagte ich, »aber ist es auch komfortabel?«

»Das Hotel? Die Zimmer sind sehr komfortabel!«

»Ich überlege, ob ich ein paar Tage bleiben soll«, meinte ich.

»Das geht nicht.«

»Alles belegt, was?« Ich sagte es ironisch, denn das Hotel schien menschenleer und war es auch.

»Momentan sind wir einundzwanzig, das Personal inbegriffen. Aber ab übermorgen sind wir ausgebucht.«

»Die Gäste kommen wohl alle gleichzeitig an?«

»Es handelt sich um besondere Gäste.« Er machte eine Pause. Dann, als würde er mir ein Geheimnis anvertrauen: »Exerzitien!«

»Oh, Exerzitien!« sagte ich und heuchelte Erstaunen. Aber, um bei der Wahrheit zu bleiben, ein wenig überrascht war ich tatsächlich. Seit vielen Jahren hatte ich nichts mehr von Exerzitien gehört, und ich hatte angenommen, solche Exerzitien würden nicht mehr praktiziert. Früher, als ich ein Junge war, wurde viel darüber gesprochen. Jedes Jahr, um die gleiche Zeit, tauchte die paolinische Missionsgesellschaft in unserer Stadt auf: ein Ereignis, das für ebenso wichtig angesehen wurde und sich mit der gleichen Pünktlichkeit wiederholte wie das Eintreffen des Operettenensembles Petito-D'Aprile und der Wanderbühne D'Origlia Palmi. Die Paulusmönche predigten für alle und veranstalteten Exerzitien für wenige. Bevor sie weiterzogen, stellten sie jeweils in der Umgebung ein eisernes Kreuz auf, das an die vollbrachte Mission erinnern sollte. Das letzte Mal hatte ich während der

Nachkriegszeit von Exerzitien gehört. Damals, kurz vor den ersten Wahlen, war ein Dominikanerpater gekommen, der so mitreißend predigte, daß ihm die Männer, darunter viele Lehrer und Beamte, auf eine ganze Woche in eine Villa folgten, die ein reiches Gemeindemitglied zur Verfügung gestellt hatte. Und das Komische daran war, daß selbst die Freimaurer mitzogen und schließlich ebenso zugeschliffen an Körper und Geist zurückkehrten wie die anderen.

»Exerzitien«, wiederholte der Priester. »Jedes Jahr, pünktlich um die gleiche Zeit: Am letzten Julisonntag beginnt der erste Turnus.«

»Und wie lange dauert ein Turnus?«

»Eine Woche.«

»Und wie viele Turnusse?«

»Im vergangenen Jahr waren es drei. Diesmal werden es vier sein.«

»Die Zahl der Gläubigen wächst.«

»Ja, gewiß«, sagte der Priester. Aber es klang, als zweifle er daran. Und vertraulich fügte er hinzu: »Aber der wichtigste Turnus ist jedenfalls der erste.«

»Warum?«

»Wegen der Leute, die daran teilnehmen.« Er beugte sich vor und dämpfte seine Stimme: »Minister, Abgeordnete, Bankdirektoren, Industrielle ... und auch drei Zeitungsverleger.«

»Eine beeindruckende Versammlung«, sagte ich. »Es würde mir wahrscheinlich Spaß machen, hier zu sein, während diese Herren ihre Exerzitien hinter sich bringen.«

»Das geht nicht.«

»Ich verstehe ... Aber heute und morgen, also bis die übrigen Gäste eintreffen, könnte ich wohl bleiben, nicht wahr?«

»Theoretisch gesehen ...«

»Und praktisch gesehen?«

»Ich weiß nicht ... Vorausgesetzt, Don Gaetano gäbe seine Zustimmung, müßten Sie sich mit dem mangelhaften Service begnügen und sich anpassen, ganz zu schweigen von der Küche ...«

»Und ich wäre der einzige, um es mal so zu sagen, zahlende Gast?«

»Nicht der einzige. Es sind noch fünf weitere Gäste da. Fünf Frauen.«

»Gewiß ältliche Touristinnen«, sagte ich.

»Ach wo, sie sind weder alt, noch sind es Ausländerinnen.«

»Aber allein?«

Einen Augenblick sah er mich boshaft an. Dann, als wolle er sich die Hände in Unschuld waschen, sagte er: »Allein angekommen sind sie.«

»Aber Sie bezweifeln, daß sie wirklich allein sind.«

»Nein, nein ...« erwiderte er schwach. Dann fügte er förmlich hinzu: »Ich wollte lediglich sagen, daß sie allein hier angekommen sind, sich jetzt aber gegenseitig Gesellschaft leisten.«

»Ich wäre also der sechste Gast.«

»Das muß Don Gaetano entscheiden.«

»Fragen wir ihn also.«

»Nicht jetzt. Später, wenn es Zeit ist zum Essen. Er darf während der Andacht nicht gestört werden. Er ist unten in der Kapelle.« Er deutete mit dem Zeigefinger auf den Fußboden.

»In Zafers Klause«, sagte ich.

»Genau ... Inzwischen können Sie sich hier frei bewegen oder draußen einen Spaziergang machen, ganz wie Sie wollen.« Die Audienz war endgültig vorüber. Gierig landete sein Blick wieder bei den Peanuts.

Ich ging hinaus, über den Parkplatz hinweg in den Wald. Je weiter ich mich vom Hotel entfernte, desto dichter standen die Bäume. Es roch nach Harz, und es war sehr still. Ich fühlte mich frei. Kurz darauf erblickte ich zwischen den Bäumen hindurch eine sonnenerfüllte Lichtung und Farbflecke, die sich bewegten. Vorsichtig näherte ich mich. Auf der Lichtung sonnten sich Frauen im Bikini. Sicher waren es die fünf jungen Damen, von denen mir der Priester erzählt hatte. Ja, es waren fünf. Ich schlich mich noch näher, bemüht, kein Geräusch zu machen. Auch auf der Lichtung war es still. Vier der Mädchen lagen ausgestreckt auf bunten Frotteehandtüchern, das fünfte saß ruhig da und las. Etwas Geheimnisvolles und Magisches lag über der Lichtung. Stellte man sich die Frauen nackt vor (und fast waren sie es ja), so erinnerte alles an ein Bild von Delvaux: Hier die dumpfen Schatten des Waldes, in dem ich mich befand, dort die sonnenüberflutete Lichtung, die Farben und jene selbstvergessene Unbeweglichkeit. (Ein Gemälde von Delvaux, nicht ein Gemälde von mir; denn ich habe es nie verstanden, die Frau als Mythos darzustellen oder ihr etwas Magisches zu geben.) Von Delvaux waren die Anordnung, die Perspektive, und auch das, was man nicht sah, ich aber wußte: Die Tatsache, daß sie – allein – in jenem monströsen, von Patres bewirtschafteten Betonklotz wohnten. Eine Zeitlang belauerte ich die Szene. Sie waren gut gebaut, vier waren blond, die fünfte war dunkelhaarig. Ihre Gesichter waren halb hinter riesigen Sonnenbrillen versteckt. Ich konnte also nicht sehen, ob sie hübsch waren. Überdies war dafür – trotz meiner Weitsichtigkeit – die Entfernung zu groß.

Mit einmal sehnte ich mich nach einem Abenteuer. Und bei der Vorstellung, in ihrer Mitte zu sein, fühlte ich mich glücklich, genauso glücklich und sogar noch glücklicher als kurz zuvor, als ich mich zwischen den nach Harz duftenden Bäumen in völliger Einsamkeit geglaubt hatte. Leise wandte ich mich um und kehrte ins Hotel zurück.

Ich traf Don Gaetano (nur um ihn konnte es sich handeln), mit dem Rücken gegen das Pult beim Empfang gelehnt, hinter dem der Pater Portier nun nicht mehr in den Peanuts, sondern in einem schwarz gebundenen Buch las. Eine große unbewegliche Gestalt in einer langen schwarzen Soutane, den Blick abwesend in die Ferne gerichtet, einen großperligen Rosenkranz um die linke Hand gewickelt, die rechte – großgliedrig und alabastern durchscheinend – auf die Brust gelegt. Er schien mich nicht zu sehen, kam aber auf mich zu. Und plötzlich hatte ich das seltsame Gefühl, das fast einer Halluzination gleichkam, als verdopple er sich vor meinen Augen in zwei Personen: Kalt, abweisend, unnahbar die eine, die sich weigerte, mich überhaupt wahrzunehmen, väterlich wohlwollend und zuvorkommend die andere, die mich herzlich in der Einsiedelei Zafer willkommen hieß. Es sei natürlich keine Einsiedelei mehr, das heißt es sei nicht nur eine Einsiedelei, sondern auch ein Hotel, ein ziemlich häßliches Hotel, zugegeben – meinte er –, aber was könne man schon von diesen modernen Architekten erwarten? Alles eingebildete, besserwisserische Fanatiker... Wie unendlich viel besser hätten doch die Baumeister früher ihr Handwerk verstanden... Die Häßlichkeit dürfe man jedenfalls nicht ihm anlasten, die komfortable Ausstattung dagegen sei schon ein wenig sein Verdienst... Ja, die Architekten! Die zwei großen Schwindel unserer Zeit: die Architektur und die Soziologie. Mit der Medizin sei es auch nicht viel besser, sie sinke immer mehr auf das Niveau von Wunderdoktoren und Zaubertränklein herab. Und wie von plötzlicher Besorgnis ergriffen, fügte er hinzu: »Ich hoffe, Sie sind nicht Architekt, Soziologe oder Arzt.«

»Ich bin Maler«, sagte ich.

»Maler... Ja, natürlich, ich glaube, mich an Sie zu erinnern. Warten Sie, nennen Sie nicht ihren Namen... Da war doch diese Sendung im Fernsehen vor rund drei Monaten, in der man gezeigt hat, wie ein Bild entsteht, ein Bild von Ihnen. Ehrlich gesagt, Sie hätten sich ruhig beim

Malen eines schöneren Bildes filmen lassen können ... Aber Sie haben es wohl absichtlich nicht getan. Sie wollten zeigen, wie ein häßliches Bild für eine häßliche Welt entsteht, ein Bild ohne Intelligenz für die Millionen von intelligenzlosen Wesen, die vor dem Fernseher sitzen.«

»Sie saßen damals auch vor einem Fernsehapparat«, gab ich etwas gereizt zurück.

»Das ist ein Kompliment. Aber vielleicht bin ich es nicht wert. Zu oft sitze ich vor dem Fernsehapparat, als daß ich mich dem Virus der Dummheit gegenüber immun fühlen könnte. Zu oft ... und eines Tages werde ich mich anstekken, sofern es mich nicht schon längst erwischt hat. Ich gestehe es offen: Die Kontemplation von Dummheit ist mein geheimes Laster, mein privater Sündenfall. Und Kontemplation ist hier das richtige Wort. Giulio Cesare Vanini, der als Ketzer verbrannt wurde, hat die Größe Gottes beim Betrachten einer Erdscholle erkannt. Andere begreifen sie beim Betrachten des Firmaments. Mir geht es angesichts der Dummheit so. Es gibt nichts Abgrundtieferes, Bodenloseres und Schwindelerregenderes als die Dummheit. Nur darf man nicht zu oft in deren Betrachtung versinken. Ja, jetzt ist es mir wieder eingefallen. Sie sind ...« und er nannte meinen Namen.

»Die Gedankenverbindung, die Sie an meinen Namen erinnert hat, ist nicht gerade schmeichelhaft.«

Ich sagte es scherzhaft, aber ich war doch etwas gekränkt.

»Aber ich bitte Sie! Während ich über die Dummheit gesprochen habe, war ein Teil meines Gehirns damit beschäftigt, Ihren Namen ausfindig zu machen. Das Gedächtnis, jedenfalls das meine, ist eine völlig unabhängige Maschinerie ... Man sagte mir, Sie wollten heute und morgen hierbleiben. Für uns wird es eine Ehre sein, aber ich befürchte, für Sie wird es kein Vergnügen sein. Jedenfalls steht Ihnen das ganze Hotel, bis auf die wenigen bereits besetzten Zimmer, zur Verfügung.«

»Am liebsten würde ich sogar länger bleiben. Ich habe gehört, daß Exerzitien abgehalten werden.«

»Möchten Sie daran teilnehmen?«

»Sagen wir einmal, ich möchte mich im Meditieren üben, indem ich andere bei der Meditation beobachte.«

»Reine Neugierde also!«

»Ich gestehe es.«

»Oder noch schlimmer: die Lust, andere bei Praktiken zu beobachten, die Sie vielleicht für unwürdig halten, und sie zu belächeln.«

»Vielleicht.«

»Nun, man kann nie wissen.«

»Was?«

»Nichts. Sie haben von den Exerzitien gehört, und jetzt reizt es Sie, ihnen beizuwohnen. Sie glauben, dieser Wunsch rühre daher, daß Sie sich zerstreuen, sich über andere lustig machen wollen. Aber man kann nie wissen, was ein solcher Impuls auslöst: ein Akt der Freiheit ...«

»... der kausal eine Kette von Ereignissen auslöst.« Zum ersten Mal blickte er mich mit einem gewissen Interesse an. »Ja, richtig«, sagte er, »die Kausalkette.« Er verbeugte sich leicht und verschwand.

Gerade als ich mein Zimmer verließ, um nach unten zu gehen, läutete im Flur eine Klingel. Es war dasselbe langgezogene, scheppernde Geschelle, das in der Schule die große Pause ankündigt. Hier bedeutete es wohl, daß das Mittagessen serviert wurde. Ich irrte mich nicht.

Der Speisesaal war riesig. Aber er stand voller runder und viereckiger Tischchen. Nur zwei davon waren gedeckt. Don Gaetano rief mich an seinen Tisch und wies auf den freien Platz zu seiner Rechten. Außer ihm saßen vier weitere Priester am Tisch, der Portier mit inbegriffen. Die fünf Damen hatte man am anderen Ende des Speisesaals untergebracht, weit entfernt, aber doch nicht so weit, als daß man ihr Geplapper, das ineinanderfloß wie das Wasser, das aus fünf Mäulern in ein Brunnenbekken sprudelt, nicht mehr hätte hören können. Sie verstummten, als Don Gaetano sich zum Tischgebet erhob. Er erteilte seinen Segen auch in Richtung der Frauen, jedoch mit einer Geste, die trotz aller Feierlichkeit eine Spur jener zynischen Nachlässigkeit enthielt, mit der man am Ende einer Mahlzeit dem Hund einen Knochen zuwirft. Die Frauen bekreuzigten sich zerknirscht, murmelten das Gebet und bekreuzigten sich von neuem. Dann nahmen sie ihr Geschwätz wieder auf. Don Gaetano setzte sich und schenkte uns den Wein ein. Er lobte ihn mit dem Gehabe eines Kenners, aber er bediente sich dabei jener französischen Ausdrücke, die heute nur noch die verwenden, die nichts von Wein verstehen. Es sei ein Wein aus dieser Gegend, sagte er, ein Wein aus halber Höhe zwischen den Bergen und dem Meer, und dann zitierte er jenen antiken griechischen Poeten, der, wie er behauptete, eben diesen Wein aus eben dieser Gegend besungen hatte. Er sprach von nichts anderem. Er trank mit Genuß und aß lustlos. Tatsächlich konnte einem die Lust am Essen vergehen. Die Speisen waren zerkocht, fade und schlecht gewürzt. Sie wurden erst dadurch halbwegs genießbar, daß man Salz und Pfeffer darüber leerte und sie mit dem tatsächlich vorzüglichen Wein herunterspülte. Gegen Ende der Mahlzeit entschuldigte sich Don

Gaetano bei mir dafür und erklärte, der Koch werde erst am nächsten Abend eintreffen. Danach werde das Essen ganz anders schmecken.

Das Abendessen und das Mittagessen des darauffolgenden Tages waren genauso scheußlich. Wäre ich nicht so neugierig auf die Exerzitien und die daran Teilnehmenden gewesen, ich wäre abgereist. Allerdings machte mir die Unterhaltung mit Don Gaetano großen Spaß, ob er nun über Wein, über Arnobius, Augustinus, den Stein der Weisen oder über Sartre sprach.

Am zweiten Abend schmeckte das Essen tatsächlich ein wenig besser. Der Koch und seine Gehilfen waren erst am späten Nachmittag angekommen. Sie hatten also nur noch korrigierend eingreifen können. Aber das genügte bereits, um uns in bessere Laune zu versetzen. Don Gaetano zog bei dieser Gelegenheit über all jene Tölpel her, die vorgeben, es ließe sie gleichgültig, wie das Essen zubereitet sei, oder die tatsächlich so verklemmt und ungebildet seien, um den Unterschied nicht zu schmecken. Dann sprach er über die französische Küche: die einzige, die einen Helden wie Vatel hervorgebracht habe. Vatel, der mit Cato Uticensis zu vergleichen sei, denn wenn Cato sich um des Verlustes der Freiheit willen den Tod gegeben habe, so habe sich Vatel um des Fisches willen, der nicht eintraf, umgebracht. Und vor Gott hätte beider Tat den gleichen Wert gehabt, zumal sie derselben Leidenschaft entsprungen sei: der Achtung vor sich selbst.

»Ich finde«, widersprach ich, »man sollte zwischen der einen und der anderen Selbstachtung unterscheiden. Man kann doch nicht – und auch Gott sollte es nicht tun – den Fisch, der nur einer von vielen Gängen an der Tafel des Sonnenkönigs sein sollte, mit der Freiheit gleichsetzen.«

»Warum nicht? Lassen wir Gott einmal aus dem Spiel. Unsere Vorstellung über das Urteil Gottes wird ohnehin durch jene Entscheidungen bestimmt, die wir im Hinblick auf unser Seelenheil treffen, und ich glaube, daß diese unsere Entscheidungen weniger zählen als unser Wille, gerettet zu werden. Läßt man aber Gott beiseite und geht man davon aus, daß eine auf Selbstachtung gegründete Verhaltensweise richtig ist, so liefert uns Vatel ein vorbildlicheres Zeugnis an Selbstachtung als Cato

Uticensis. Der Fisch mußte eintreffen, was ja auch tatsächlich eine Stunde nach Vatels Selbstmord geschah ... Die Freiheit jedoch?« Es entstand eine Diskussion, die immer hitziger und wirrer wurde, je mehr sich die anderen vier Priester ereiferten. Die Meinungen prallten aufeinander. Keiner hörte dem anderen zu. Don Gaetano und ich ließen sie gewähren. Als wir sie am Ende der Mahlzeit verließen, waren sie schon fast bei Beleidigungen angelangt.

Während wir aus dem Speisesaal gingen, fragte mich Don Gaetano, ob ich mich wirklich entschieden hätte, hierzubleiben und den Exerzitien beizuwohnen. »Gewiß, ich bleibe bei meinem Entschluß«, gab ich zur Antwort.

Don Gaetano schien sich darüber zu freuen. Allerdings wirkte diese Freude ein wenig boshaft. Dann drohte er mir scherzhaft mit dem Finger, als wollte er sagen: Du Ungläubiger, der du den braven Gläubigen in seiner Zuflucht, in seiner festen Burg überraschen willst; dafür wirst du noch die Rechnung präsentiert bekommen. Und während ich noch das Bild seines Drohfingers vor Augen hatte, verschwand er. (Hier muß ich erklären, warum ich bei Don Gaetano nie das Wort »weggehen« verwende, sondern von »verschwinden« spreche, vielleicht auch von »sich verflüchtigen«, von »sich in Luft auflösen«. Ich will es an einem Beispiel erläutern, das wir als Kinder oft gespielt haben: Auf einem Blatt Papier wird, ganz in Schwarz und lediglich mit einem kleinen weißen Punkt in der Mitte, eine Figur gemalt. Man zählt bis sechzig und starrt dabei mit weit geöffneten Augen auf den kleinen weißen Punkt. Dann schließt man die Augen oder man guckt in den Himmel. Und die Figur ist immer noch da, jedoch weiß und durchscheinend. Mit Don Gaetano war es ähnlich. Auch wenn er schon gegangen war, hatte man sein Bild noch immer vor Augen, so als zeichne es sich hinter den geschlossenen Lidern oder gegen den leeren Raum ab. Es gelang einem nie, den genauen Augenblick zu erfassen, in dem er sich tatsächlich entfernte. Das Ganze war natürlich nichts anderes als die Folge jenes seltsamen Verdoppelungseffektes, den ich bereits zu beschreiben versucht habe. Jedenfalls übte er so etwas wie eine hypnotische Wirkung aus. Aber es ist schwierig, gewisse Eindrücke genau wiederzugeben.)

In der Nacht vor dem großen Tag hatte ich vor Ungeduld schlecht geschlafen, und so stand ich bereits im Morgengrauen auf. Ich wollte nicht die Ankunft jener bedeutenden Persönlichkeiten verpassen, die sich eine ganze Woche lang der Geistesakrobatik widmen würden, allerdings ohne sich kasteien zu müssen, nachdem der famose Koch ja eingetroffen war.

Ich war etwas zu vorzeitig aufgestanden, aber ich sollte es nicht bereuen. Eine solche Morgendämmerung hatte ich seit zwanzig Jahren nicht mehr erlebt. Zwar hatte ich während dieser Jahre gelegentlich während einer Flugreise die Sonne aufgehen sehen. Doch das war nicht zu vergleichen. Eine Zeitlang blieb ich am Fenster stehen und genoß die so unendlich harmonische Übereinstimmung zwischen der Natur und meinen Sinnen. Ich bekam Lust zu malen. Aber sofort verwarf ich diesen Einfall, aus Angst, ich könnte die Übereinstimmung zerstören oder außerstande sein, sie wiederzugeben. Im Grunde war es ein recht banales und primitives Bedürfnis, wie es ein Mensch empfindet, der, ohne malen zu können oder gar ein wirklicher Maler zu sein, angesichts eines Naturschauspiels, einer Landschaft oder einer Stimmung meint, das müsse gemalt werden. Was dabei herauskommt, ist eine einfältige Lobpreisung der Natur und eine Abwertung der Malerei. Denn letztlich sollte sich die Malerei, so empfinde ich es wenigstens, vor allem jenen Gegenständen zuwenden, die nicht gemalt werden müssen. Im übrigen war es nicht der geeignete Augenblick zum Malen. Das war mir sofort klar geworden. Ich hatte kalte Füße. Und Voltaire hat einmal gesagt, man müsse, um gut zu malen, warme Füße haben; ein Ausspruch, den ich, obwohl ihn Voltaire nur auf die englischen Maler bezog (gerechtfertigterweise würde ich sagen, und einschließlich Bacon und Sutherland), immer wieder an mir selbst bestätigt gefunden habe.

Die Bilder, die ich mit kalten Füßen gemalt habe, sind meine schlechtesten; was jedoch der Tatsache keinen Abbruch tut, daß sie von Kritikern und Sammlern am meisten geschätzt werden. Ich habe eine Unzahl von Bildern mit kalten Füßen gemalt, um jenen Punkt zu erreichen, an dem mich die Lust überkam, einmal ein Bild zu malen, bei dem ich mich während des Malens frei fühlte: unabhängig von den Gesetzen des Markts, den Wünschen der Galeriebesitzer, dem Gedanken an Ausstellungen, Geld und Ruhm. Und letztlich verdankte ich diese Freiheit der Tatsache, daß ich das alles schon besaß: Ruhm, Geld, Ausstellungen in aller Herren Länder, einen sich ständig ausweitenden Markt, einen Beruf, der es mir gestattete, täglich zwei oder sogar drei Bilder auf die Leinwand zu werfen – mit kalten Füßen, versteht sich. Die Bilder, die ich mit warmen Füßen gemalt hatte, und es waren nicht gerade viele, bewahrte ich auf: für einen späteren und gerechteren Ruhm. Aber um ehrlich zu sein: Soviel ist mir an einem Ruhm jenseits des Todes nicht gelegen.

Doch an jenem Morgen fühlte ich mich frei; frei sogar von der Malerei.

Besser gesagt (nachdem ich schon darüber spreche, sollte ich wenigstens versuchen, mich klar auszudrükken), diese Flucht, diese Illusion der Freiheit sollten nur eine Übergangszeit ausfüllen, eine Pause, nach der ich zur Malerei zurückfinden würde, doch diesmal, dem klugen Rezept Voltaires entsprechend, zu Bildern, die ich mit warmen Füßen malen würde. Ein unmögliches Vorhaben, das ich nur hin und wieder verwirklichen würde. Auch in Zukunft würde ich viel mit kalten Füßen und wenig, ganz wenig nur mit warmen Füßen malen. Aber unsere Motive sind immer verdammt kompliziert, und je mehr wir uns etwas vormachen oder vorzumachen versuchen, desto schlimmer ist die Ernüchterung, die uns bevorsteht. Lange stand ich also am Fenster und genoß diese unendlich harmonische Übereinstimmung et cetera ... dann stieg ich ins heiße Wasser der Badewanne, um mir die Füße zu wärmen und mein Gewissen zu entlasten. Und tatsächlich ging es mir anschließend besser. Ich rasierte mich, kämmte mich und zog mich an. Dann ging ich nach unten.

In der Halle herrschte reges Treiben. Das Dienstpersonal hatte sich erheblich vermehrt, ebenso die Anzahl der Priester. Sieben neue Patres zählte ich, die geschäftig hin und her eilten. Das Durcheinander war mir zu groß, und so ging ich hinaus auf den Vorplatz. Jemand hatte draußen Liegestühle aufgestellt. Sie waren leer. In der schlaff durchhängenden Bespannung zeichneten sich die Umrisse von Körpern ab, und es war, als hätten sie sich selbst – nach einer Aufführung etwa – zu kleinen Gruppen zusammengestellt. Es wirkte wie ein surrealistisches Gemälde, ein Eindruck, der durch die Farbe der Holzgestelle und das grobe, hellblau und rot gestreifte Leinen verstärkt wurde. Ich fügte mich darin ein, um das Bild zu vervollständigen. Hätte jemand von einem Fenster der obersten Hoteletage aus heruntergeschaut, so wäre ich ihm vorgekommen wie eine Schaufensterpuppe, die jemand auf einem Liegestuhl vergessen hat. (Ich lebe in den Bildern anderer mehr als in den meinen, besonders wenn sie von Malern stammen, die weit von mir entfernt sind.)

Der Platz vor dem Hotel war riesig groß – ich glaube, das erwähnte ich schon. Neben der von den Liegestühlen besetzten Fläche war noch genügend Parkraum für all die Autos vorhanden, die nun jederzeit eintreffen mußten. Doch es wurde neun, bevor die ersten Gäste ankamen.

Die ersten vier trafen rasch hintereinander ein. In dem Augenblick, in dem der erste Wagen vor dem Hoteleingang hielt, erschien Don Gaetano auf der Türschwelle. Vielleicht war er schon vorher da gewesen. Dem Wagen entstieg ein Bischof. Und Bischöfe entstiegen auch den drei folgenden Wagen. Als sie zusammenstanden, merkte ich, daß einer von den dreien anstelle des violetten ein purpurrotes Käppchen trug. Ein Kardinal. Ich konnte ihn nur von den anderen unterscheiden, weil mir – nicht eben respektvoll, das gebe ich zu – gerade noch rechtzeitig ein Vers des römischen Mundartdichters Belli einfiel: »Das schwarze nahm er ab und setzte sich das rote auf.« Nämlich in dem Augenblick, als die Polizeistreife in das Bordell eindrang, und sich vor den Augen des Wachtmeisters und zu seiner großen Verlegenheit ein Priester feierlich in einen Kardinal verwandelte, in dem er die schwarze Kalotte mit der purpurfarbenen vertauschte. Ein Kirchenfürst also. Deshalb auch die Motorradeskorte mit einem Dutzend Polizisten, die sich, im Sattel sitzend, die Beine ausrenkten, um sich auf dem Boden abzustützen, und die Motoren ihrer Maschinen aufheulen ließen. Ein Umstand, der mich daran hinderte, mit anzuhören, was sich der Kardinal, die Bischöfe und Don Gaetano zu sagen hatten. Jedenfalls schienen sie nur Komplimente auszutauschen. Don Gaetano trug, wie üblich, die Soutane, die anderen vier trugen dunkelgraue Anzüge, gleichfarbige Brusttücher, von denen sich deutlich die silbernen Pektoralien abhoben, und glänzende steife Halskragen. Und natürlich die Kalotten. Keiner von den vieren schien über eine markante Persönlichkeit zu verfügen. Zwei hatten Gesichter wie Bauern, die beiden anderen – darunter der Kardinal – wirkten wie Bürokraten. Womit ich jene Bürokraten meine, die sich, die Bestimmungen zur Hand, in unermüdlicher Pedanterie üben. Hätten sie sich zu einem Ratespiel die Käppchen abgenommen, so hätte man hinter Don Gaetano den Kardinal vermutet, hinter den anderen einfache Priester, zwei aus der Stadt und zwei vom Land. Don Gaetano gab sich zwar zuvorkommend und erfreut, ja heiter; gleichzeitig behielt er Distanz, eine teilnahmslose Kühle und eine Strenge bei, für die ich ihn bewunderte. Er hätte nicht nur ein Kardinal, er hätte sogar der Papst sein können.

Die Motorradeskorte entfernte sich mit dröhnenden Motoren. In der plötzlichen Stille hörte ich, wie sich der Kardinal darüber ausließ, wie schön und grandios dieses Hotel sei. Und für einen Augenblick schien es mir, als werfe mir Don Gaetano einen mitleidig ironischen Blick zu, voller Erbarmen für diesen armen Kardinal, der nicht einmal beurteilen konnte, was wirklich grandios und schön war. Dann sagte er: »Eminenz« ... und die Vertreter der Hierarchie folgten ihm wie eine Lämmerherde ins Hotel.

So sehr hatte ich mich darauf konzentriert, was sich der Kardinal, die Bischöfe und Don Gaetano zu sagen hatten, daß mir die Ankunft der übrigen Autos beinahe entgangen war. Fast alle wurden von livrierten Fahrern chauffiert: Dienstwagen der Ministerien und Ämter, denen Minister, Staatssekretäre, Oberpostdirektoren oder Generalstaatsanwälte entstiegen. In einigen Fällen saß eine Frau hinter dem Steuer, eine fürsorgliche Gattin, die ihren Mann zum Tagungszentrum fuhr, um dann den Wagen behalten zu können. Eine dieser Frauen erregte meine Phantasie. Sie war nicht ausgesprochen schön (schöne Frauen haben mich nie sonderlich interessiert; eine habe ich zwar geheiratet, doch sehr bald wieder verlassen), aber groß und üppig, mit intelligentem, ironischem Ausdruck und mit einem gewissen Etwas in den Bewegungen, im Lächeln und im Licht der Augen, das voller Ungeduld und Freude war, als könnte sie es nicht abwarten, endlich wieder frei zu sein. Und während der Mann den Kofferraum aufschloß und das Gepäck herausnahm, überschüttete sie ihn mit einem Schwall von Worten, und ihre Stimme klang in meinem Ohr wie eine Einladung, so als bedeuteten ihre Ermahnungen – setz dich keiner Zugluft aus, iß nicht zuviel, zieh dir abends die Strickjacke über und vergiß die Verdauungspillen nicht –, im Klartext nichts anderes als: Endlich bin ich diesen Trottel, diesen widerlichen Schwachkopf los. Eine Woche lang bin ich frei, frei, frei ... Sie schaute mich verstohlen an, während ich noch damit beschäftigt war, diese chiffrierte Einladung zu entschlüsseln: belustigt und schmachtend, herausfordernd und verheißungsvoll. Einen Augenblick lang war ich versucht, ihr zu folgen oder sie einfach zu bitten, mich bis in die Stadt mitzunehmen, und zwar vor ihrem Mann, dem eine gewisse Besorgnis um seine Frau – sofern er überhaupt noch dazu imstande war – angesichts der Exerzitien, in die er sich für eine Woche vertiefen wollte, sicher nicht geschadet hätte. Statt dessen ließ ich sie abfahren, ohne mich zu rühren. Ich sah den Blick, den sie mir zuwarf, die sorgfältig entblößten Beine in dem kurzen Augenblick, in dem sie den Wagenschlag zuzog. Vielleicht wartete auch schon längst jemand auf sie, auf den Anruf: Endlich sind wir den Trottel los. Ich habe ihn gerade in der Einsiedelei abgeliefert. Gott sei Dank, eine ganze Woche für uns allein ... Trotzdem gab ich mich eine Weile lang der Einbildung hin, meinetwegen hätte sie den anderen sitzenlassen.

Der weite Platz war inzwischen schon voller Autos. Auf dem Asphalt standen Koffer und Reisetaschen. Die Hoteldiener liefen schwitzend hin und her. Offensichtlich gelang es ihnen nicht immer, die neu eintreffenden Gäste nach ihrem Rang zu unterscheiden. Jedenfalls protestierten einige der Herren, die sich vernachlässigt vorkamen, und sie taten es in einem Tonfall, der besagen sollte: Das ist das Gepäck meines Vizepräsidenten. Kümmere dich lieber zuerst um mein Gepäck. Ich bin der Präsident, ich komme vor meinem Vize an die Reihe, selbst wenn ich nach ihm eingetroffen bin ... Oder so ähnlich. Aber abgesehen von diesen Prestigekämpfen, die auf dem Rücken der Hoteldiener ausgetragen wurden, herrschte eine unbeschwerte kameradschaftliche, aufgekratzte Stimmung. Man umarmte sich, klopfte einander auf die Schulter, warf sich gegenseitig in aller Freundschaft Schimpfwörter an den Kopf.

Doch dann traf der Minister ein. Die Stammtischatmosphäre war schlagartig vergessen. Schweigend näherten sich die Männer dem Wagen des Ministers – wie Feilspäne, die dem Magnet zustreben. Das gleiche wiederholte sich, als drei oder vier weitere Persönlichkeiten ankamen, die ich nicht kannte. Und als endlich Don Gaetano erschien, strömte alles, der Minister und die anderen mir unbekannten Honoratioren inbegriffen, auf ihn zu. Im Abstand von einem guten Meter blieb jedermann vor ihm stehen, und die Menge formte sich zu einem Halbkreis. Fast sah es so aus, als würden sie alle unter peinlichster Beachtung der Rangordnung in diesem Halbkreis anstehen, um ihm die Hand zu küssen. Don Gaetano erkannte sie alle, für jeden einzelnen hatte er eine persönliche Frage bereit nach Beruf, Familie oder Gesundheitszustand, und alle waren sie glücklich, daß er sich ihrer erinnerte. Und doch schwang in allem, was Don Gaetano sagte oder tat, ein Hauch von Verachtung, ein kaum spürbarer Spott mit, was offensichtlich keiner aus der Herde, die sich um ihn gesammelt hatte, bemerkte. Mir hingegen entgingen diese feinen Nuancen nicht, und ich war entzückt. Schien es mir doch, als verstünde ich diese unmerklichen Spitzen und verschleierten Bosheiten auf Grund einer inneren Verwandtschaft, einer heimlichen Solidarität, die zwischen ihm und mir entstanden war, und als könnte ich in ihm das reifere und klügere Abbild all dessen sehen, wonach ich selber strebte.

Plötzlich leerte sich der Platz. Er wurde wieder öde und still wie am Morgen.

Ich ging ins Hotel zurück. Am Empfang saßen jetzt zwei Patres; der eine, der schon bei meiner Ankunft da gewesen war, und ein zweiter, den ich während der Mahlzeiten kennengelernt hatte.

»Und was geschieht nun?« fragte ich.

»Die Gäste sind auf ihre Zimmer gegangen. In einer halben Stunde werden sie der Messe beiwohnen, die der Kardinal zelebrieren wird. Anschließend wird Don Gaetano die Ansprache halten.«

»Unten in der Kapelle?«

»Ja, unten in der Kapelle.«

»Könnte ich daran teilnehmen?«

»Ich glaube schon. Wie ich Don Gaetano verstanden habe, hat er nichts dagegen, daß Sie bei den Exerzitien zugegen sind, und nachdem die Exerzitien mit dieser Messe beginnen ...«

Ich dankte und ging. Ich war unentschlossen. Nicht etwa, weil es mir als eine Indiskretion erschienen wäre, an der Messe teilzunehmen (um die zu begehen, war ich ja hier geblieben), aber ich hatte Angst, ich könnte mich langweilen und müßte anstandshalber bis zum Schluß ausharren.

Aber dann ging ich doch. Und meine Langeweile blieb in erträglichen Grenzen. Seit einem Vierteljahrhundert (von einem Vierteljahrhundert zu sprechen statt von fünfundzwanzig Jahren, gehört zu meiner Marotte, mit meinem Alter zu kokettieren) hatte ich keiner Messe mehr beigewohnt. Und da es das erste Mal war, daß ich die Messe in italienischer Sprache statt in Latein hörte, verlor ich mich in Betrachtungen über die Kirche, ihre Geschichte und ihr Schicksal, das heißt über ihre glanzvolle Vergangenheit, ihre klägliche Gegenwart und ihren unausweichlichen Niedergang. Unter ästhetischem Aspekt, glaubte ich. Doch unabhängig von diesen müßigen Betrachtungen spürte ich unter der Oberfläche meines Bewußtseins eine vage Besorgnis, das Empfinden einer drohenden Gefahr. Es ging mir ähnlich wie einem Reisenden, der, kaum abgefahren, das unklare Gefühl hat, etwas Wichtiges vergessen oder verloren zu haben, ohne zu wissen, worum es sich handeln könnte. Um meinen Seelenzustand völlig offen, vielleicht allzu offen, darzulegen: Ich fühlte mich ein wenig verloren und etwas betrogen. Dieser unbewegliche Felsen, an dem ich mich, ihm feindlich gesinnt, über Jahre hinweg wundgerieben hatte, dieser aus Aberglauben, Ängsten, Unduldsamkeit und Latein bestehende Felsen: Hier lag er nun vor mir, spröde und armselig wie die armseligste Erdscholle. Ich erinnerte mich noch (mit zehn Jahren hatte ich ministriert) an bestimmte Stellen der lateinischen Messe und verglich sie mit dem Italienischen, auf das sie heruntergekommen waren, richtig heruntergekommen, auch in dem Sinne, den man bei Erwähnung des heruntergekommenen Herrn Soundso meint. »Das mit Wein vermischte Wasser sei das Zeichen unserer Vereinigung mit dem göttlichen Leben desjenigen, der unsere menschliche Natur angenommen hat.« Welch abgeschmackte Ausdrucksweise, bei der man zwangsläufig an jene widerlichen Individuen denkt, die bei Tisch den Wein mit Wasser verlängern. *Deus, qui humanae substantiae dignitatem mirabiliter condidisti, et mirabilius reformasti: da nobis per hujus aquae et vini mysterium, ejus divinitatis esse consortes, qui humanitatis nostrae fieri dignatus est particeps, Jesus Christus Filius tuus Dominus noster: Qui tecum vivit et regnat in unitate Spiritus Sancti Deus: per omnia saecula saeculorum:* Wo war jetzt der Sinn dieser Worte geblieben, und jenseits des Sinnes, wo das Mysterium?

Aber du, sagte ich mir, wolltest ja gerade dies: die Auflösung des Mysteriums. Du wolltest ja, daß von dieser überwältigend prachtvollen Szenerie und dieser erhabenen Illusion nur noch das nackte, scheußliche Gerüst übrig blieb, nicht anders als im Theater bei Pirandellos »Sechs Personen suchen einen Autor« ... Nur geschieht die Entmystifizierung des Theaters bei Pirandello so, daß dadurch das Theater von neuem erfunden wird und sich neu behauptet. Aber wollte ich eigentlich, daß die Kirche durch Verzicht auf Mystifikation und fromme Täuschung den Weg zu einem Neubeginn entdeckte? Aber nein, ich wollte ihren Untergang. Und sie war auch schon am Ende. Und trotzdem ... Die Wahrheit ist, daß viele Dinge in uns, die wir tot wähnen, nur schlafen. Und über ihren Schlaf muß der Verstand stets wachen. Will man bestätigt wissen, daß sie nur schlafen, so kann man sie vielleicht gelegentlich wecken und an die Oberfläche heraufholen: um sie gleich darauf gedemütigt und impotent zu versenken ... Und was, wenn das Experiment nicht gelingen sollte? Das ist der springende Punkt – an dem ich allerdings, um ehrlich zu sein, noch nie angelangt war, da alles in mir und um mich schon seit Jahren nur noch Fiktion war. Seit Jahren tat ich nichts anderes mehr, als mich selbst zu täuschen und mich täuschen zu lassen. Nur jene Dinge sind echt, die man bezahlt, das heißt deren Preis man bewußt und mit Schmerzen zahlt. Ich aber bezahlte jeden Preis nur noch über die Banken. Es gab kein Gefühl, keine Überzeugung, keine Idee mehr, es gab nichts mehr, wofür ich mir mehr abverlangt hätte als die Unterschrift auf einem Scheckblatt. Oder unter einem Bild, zumal ja der Wert eines Bildes ebenso von der Signatur abhängt wie der Wert eines Schecks. (Früher oder später werde ich nur noch die gerahmten Leinwände ausstellen, die nichts als meine Unterschrift tragen. Die wird allerdings nicht billig sein. Und dem Galeriebesitzer werde ich folgendes Motto empfehlen: »Bilder zum Selbermalen, von einem großen Künstler signiert.«) Auch bei fremdem Leid (bei Krankheit, Unfall und Unglück, von denen Bekannte und auch Fremde, die sich an mich wandten, betroffen waren; bei Krieg und Unterdrükkung, unter denen ganze Völker litten) genügte eine Unterschrift, um mich vom Wissen darum befreit zu fühlen. Und so hatte ich mich von vielen Dingen befreit, von zu vielen Dingen, um mich jetzt, in diesem Moment, nicht weit entfernt von der Wahrheit und vom Leben zu fühlen ... Und damit kam in mir die teils lästige, teils ironische Überlegung auf, daß ich über all diesen Erwägungen und Selbstbeschuldigungen noch damit enden würde, aus voller Überzeugung an den Exerzitien teilzunehmen. Wobei ich bestimmt der einzige gewesen wäre. Allen anderen, die der Exerzitien wegen angereist waren, schien es damit nicht sehr ernst zu sein. Während der Messe flüsterten sie den Nebenstehenden ins Ohr, nickten anderen, die dafür zu weit weg waren, mit wohlwollenden Grimassen zu. Sie fühlten sich auf Urlaub. Allerdings war es ein Urlaub, der es ermöglichte, nützliche Beziehungen zu pflegen, Intrigen zu spinnen, bei denen es um Macht und Geld geht, Bündnisse umzustürzen und Treuebrüche zu rächen.

»Die Messe ist vollbracht: Gehet hin in Frieden ...«

Doch diese Aufforderung war nicht wörtlich zu nehmen. Don Gaetano erschien hinter der Chorbalustrade, und augenblicklich legte sich das lärmige Durcheinander. Diejenigen, die sich hatten gehenlassen, schämten sich. Doch trotz ihrer offensichtlichen Reue ließ Don Gaetano sie seine ganze Mißbilligung spüren. Er sprach mit schleppender Stimme, so als könne er nur mit Mühe ein Gähnen unterdrücken. Dann, ohne den Tonfall zu ändern, ging er von Vorwürfen zu Ermahnungen über. Er erklärte Sinn und Notwendigkeit dieser Exerzitien, die darin lägen, Bilanz zu ziehen, eine Gewissensbilanz des vergangenen und des kommenden Jahres, Rückschau und Vorschau zugleich. Er erinnerte daran, daß alle, die hier versammelt seien, um Einkehr zu halten und ihre geistigen Kräfte zu erneuern, die christlichen und katholischen Prinzipien in der Leitung von Staat und Gesellschaft verträten, ja in allen Fragen, die das öffentliche Wohl beträfen, und daß sie sich also während dieser Woche immer wieder die vordringlichste Frage stellen müßten: Haben wir Gott gegeben, was Gottes ist? In diesem Augenblick hörte ich, wie einer, der vor mir saß, seinem Nebenmann ins Ohr flüsterte: »Sicher will er ein weiteres Hotel bauen.« Doch gleich darauf blickte er sich betreten um. Er hatte wohl Angst, ich könnte ihn gehört haben, und so grinste er mir zu, zwang sich zur Annahme, ich stünde auf seiner Seite. Folglich könnte es mir wohl nicht entgangen sein, was dieser fromme Mann, fromm, aber eben doch recht anspruchsvoll, meinte, wenn er vom Geben an Gott sprach. Don Gaetano kam allerdings nicht mehr darauf zurück. (Daß er das »dem Kaiser geben, was des Kaisers ist« überhaupt nicht erwähnte, versteht sich von selbst.) Er verließ sich darauf, daß diese Frage, einmal aufgeworfen, im Gewissen eines jeden weiterklang und sich später, je nach Machtstellung und Funktion, in konkrete Vorstellungen und Summen verwandeln würde.

Don Gaetano beendete seine Ermahnungen. »Jetzt könnt ihr gehen«, sagte er, und er betonte das erste

Wort mit dem gleichen Vorwurf in der Stimme, mit dem er seine Rede begonnen hatte.

Alle standen auf und strebten – diesmal sehr gesittet – dem Ausgang zu. Der Kardinal und die drei Bischöfe waren bereits verschwunden, wahrscheinlich durch die Seitentür der Sakristei. Don Gaetano und ich blieben allein in der Kapelle zurück, die nun plötzlich größer wirkte. Wie stets schien Don Gaetano mich nicht zu sehen; nach einer Weile aber sprach er mich an. Er hatte verstanden, warum ich zurückgeblieben war. »Sie haben sich die Kapelle noch gar nicht richtig angeschaut. Wie Sie sehen, ist das Kirchlein der ehemaligen Einsiedlerklause verschont geblieben; die jüngsten Verschandlungen gehen aufs siebzehnte Jahrhundert zurück ... Die Einsiedelei des Zafer! Eine völlig aus der Luft gegriffene Geschichte, von einem Lokalgenie in der zweiten Hälfte des letzten Jahrhunderts erfunden. Die Legende um einen Eremiten mit dunklem Antlitz und schlohweißem Bart gab es damals schon. Und der Dorfapotheker gab diesem Einsiedler einen Namen: Zafer ... Ich glaube, im Kopf des Apothekers haben sich die Dinge folgendermaßen kombiniert: Da war einmal der Name des Ortsviertels Zaffù, und überdies war kurz zuvor Amaris Übersetzung des ›Solwan el Mota‹ von Ibn Zafer veröffentlicht worden. Wer weiß, der Text mag ihm als der eines Christen vorgekommen sein. Das geschieht mitunter: Man sucht sich aus einem Text, der durchaus nicht im Sinn des Christentums verfaßt ist, einzelne Passagen heraus, und die können dann sehr wohl von christlichem Geist erfüllt sein ... Also Zaffù, dann Zafer, was noch erheblich besser klang: der Saphir, der Zaffer, der Safran ... und dann war schließlich noch das Bild da.«

Er zeigte auf das Gemälde, das ich vorher nicht bemerkt hatte: ein Heiliger mit verschlossener Miene und Vollbart, den Blick in einen aufgeschlagenen Wälzer vertieft, und ein Teufel von halb heuchlerischem, halb hämischem Gehabe und mit rotglühenden Hörnern, wie aus bloßliegendem Fleisch. Was mich jedoch am meisten verblüffte, war die Tatsache, daß der Teufel eine Brille trug, einen Zwicker mit schwarzer Fassung. Und auch der Eindruck, etwas Ähnliches bereits einmal gesehen zu haben, ohne mich entsinnen zu können, wann und wo, verlieh diesem bebrillten Satan etwas Geheimnisvolles und Schauderhaftes. Es war, als wäre ich ihm in einem Alptraum begegnet oder in einer weit zurückliegenden schrecklichen Kindheitsvision.

»Unser Apotheker«, fuhr Don Gaetano fort, »hat dieses Bild zweifellos gekannt. Denn darauf stützt sich seine Geschichte: Zafer, der Heilige, spürt, wie sein Augenlicht nachläßt. Der Teufel bringt ihm die Brille als Geschenk. Aber diese Gabe hat logischerweise eine diabolische Eigenschaft: Nimmt sie der Heilige an, so wird sich ihm jedes Buch – die Evangelien, die Schriften des Heiligen Augustinus – in den Koran verwandeln. ›*O Gott, die reine Zeichnung deiner Silben schwindet und wandelt sich in zerriges Kyrillisch ...*‹« Das Zitat überraschte mich. Don Gaetano kannte also nicht nur den Dichter, den ich für den letzten großen Vertreter der italienischen Lyrik hielt. Er hatte ihn sogar auswendig gelernt.

»In diesem Fall in Kufisch«, ergänzte er, »oder wie die Schrift heißen mag, in der man den Koran abgefaßt hat. Natürlich nimmt Zafer das Geschenk nicht an, mehr noch, er nimmt die Versuchung erst gar nicht zur Kenntnis. Der Anschlag des Teufels mißlingt ... Im übrigen ist dieses Bild, wie Sie gewiß gemerkt haben, nichts weiter als eine ziemlich ungelenke Kopie des Manetti, der in der Kirche des Sant'Agostino in Siena hängt. Jedenfalls ein eigenartiges Gemälde, fast ein wenig beunruhigend – wenn man die Phantastereien unseres Apothekers einmal vergißt ... Der Teufel mit Brille: Was Manetti für seine Zeit damit ausdrücken wollte, ist ziemlich klar; aber heute ...«

»Auch heute hat sich gegenüber damals nichts daran geändert: Noch immer gilt jedes Hilfsmittel, das einem die Dinge klarer erkennen läßt, als ein Werk und Geschenk des Teufels. Gilt der Kirche, gilt Ihnen, will ich damit sagen.«

»Eine laizistische Interpretation. Nichts als überholter Antiklerikalismus wie er von den Freidenkerzirkeln vertreten wurde, die sich auf Giordano Bruno und auf Francisco Ferrer Guardia beriefen. Ich würde es ganz anders ausdrücken: Jeder Eingriff in die Natur kann nichts anderes sein als ein Werk und Geschenk des Teufels.«

»Eine Interpretation, die von de Sade stammen könnte.«

»Aber de Sade war Christ«, sagte Don Gaetano. Er ließ von der Betrachtung des Bildes ab und sah mich an: erstaunt, daß ich dies nicht wußte, daß es mir bis heute noch keiner gesagt hatte.

»Wenn Sie das sagen ...« gab ich mit etwas zu offensichtlicher Ironie zurück.

»Nicht ich sage das«, entgegnete Don Gaetano barsch.

Er ließ mich stehen und schlenderte in der Kapelle hin und her. Mich ignorierte er völlig. Dann kehrte er zum Bild zurück. Ich hatte mich ein wenig über mich selbst und die plumpe Ironie dieses ›Wenn-Sie-das-sagen-wird's-schon-stimmen‹ geärgert und suchte noch immer nach einer Entgegnung von etwas subtilerem Spott. Doch Don Gaetano war die Stufen zum Altar hinaufgestiegen, hatte aus der Brusttasche einen Zwicker hervorgezogen, sich diesen auf die Nase geklemmt und betrachtete – vorgebeugt und auf Zehenspitzen – die untere rechte Ecke des Bildes.

Als er sich nach mir umwandte und sagte: »Kommen Sie; ich habe die Signatur entdeckt«, wurde mir für einen Augenblick schwindelig vor Erstaunen: Seine Brille war eine perfekte Kopie jener des Teufels. Er bemerkte meine Verblüffung nicht, obwohl sie offensichtlich sein mußte. Vielleicht tat er auch so, während er sich in Wahrheit an meiner Überraschung ergötzte. Andererseits, wenn er schon Eindruck schinden wollte, so würde ich ihm diesen Spaß verderben. Ich setzte eine Miene auf, die deutlich besagte: Du alter Komödiant, mich beeindruckst du damit wohl kaum, spar' dir den Clou mit deiner Brille lieber für diese Trottel auf, die dir wie eine Schafherde folgen. Aber er schien auch den Wechsel von Überraschung zu Geringschätzung nicht zu bemerken. Ich trat näher und starrte auf die untere Bildecke. Mit Mühe entzifferte ich »Bu-ta-su-o-co«.

»Buttafuoco«, verbesserte Don Gaetano. »Ihnen ist das zweite t entgangen und das f haben Sie als s gelesen ... Nicolò Buttafuoco, ein einheimischer Maler. Glaubt man einem anderen Dorfgelehrten, der vor zwei Jahrhunderten lebte und über eine ähnlich ausschweifende Phantasie verfügte wie unser Apotheker, dann ist der Teufel das Selbstbildnis des Malers, Hörner inbegriffen ... Eines Tages, als er gerade eine Madonna malte, wozu ihm ein Flittchen Modell stand, soll er gesagt haben: ›Eher werden mir Hörner wachsen, als daß diese Madonna Wunder wirkt‹, und schon begannen ihm die Hörner zu wachsen. Das erste einer langen Reihe an Wundern, die diese Madonna noch bewirken sollte ... Er hat die Hörner verdient, denkt man an seine bestialische Art zu malen.«

Don Gaetano nahm den Zwicker ab und steckte ihn in seine Brusttasche zurück. Und mit der gespielten Gleichgültigkeit dessen, der seinen Coup gelandet hat, wie der Kater etwa, der soeben den Kanarienvogel verspeist hat, fügte er hinzu: »Mit dem Namen Buttafuoco verbindet sich immer etwas – ob nun tatsächlich oder nur in der Vorstellung –, das mit dem Bösen zu tun hat, zumindest mit dem Trügerischen: dieser Maler, der sich selbst als Satan darstellt, der Buttafuoco aus Boccaccios Novelle über Andreuccio da Perugia ... Übrigens hinreißend, Croces Recherchen zu dieser Boccaccio-Novelle. Es ist ihm tatsächlich gelungen, in den angiovinischen Registern einen Buttafuoco unter den sizilianischen Flüchtlingen ausfindig zu machen ...« Und freundschaftlich plaudernd nahm er mich beim Arm und führte mich zum Speisesaal.

Er bat mich wiederum an seinen Tisch. Anstatt der vier Priester nahmen nun der Kardinal und die drei Bischöfe an unserer Tafelrunde teil. Außerdem hatte man zwei zusätzliche Stühle an den Tisch geschoben: für den Minister und einen Industriellen. Mir war unbehaglich zumute. Nicht etwa, weil ich noch nie mit Ministern, Industriellen und Prälaten zu Tisch gesessen hätte. (Ganz im Gegenteil, es verging kaum ein Tag, an dem ich solche Leute nicht an meinem Tisch vorgefunden hätte.) Unbehaglich waren mir vielmehr der Ort und der Anlaß: ein von Patres geführtes Hotel, Exerzitien, zu denen sich gute Katholiken hier versammelt hatten. Doch wenn ich schon überrascht und verwirrt war, mich hier zu befinden, so waren es die anderen noch mehr, als Don Gaetano uns miteinander bekannt machte. (Übrigens geschah dies auf untadelige Weise: Mich stellte er den vier Prälaten vor, der Minister und der Industrielle wurden mir vorgestellt.) Vielleicht glaubten sie zunächst an meine Bekehrung, aber als mir der Kardinal seine Hand zum Kuß entgegenstreckte und ich sie statt dessen ergriff, da wurden ihre Gesichter ratlos, und sie blickten Don Gaetano teils fragend, teils besorgt an. Don Gaetano erklärte, daß ich mich nur zufällig hier befinde, aus Neugierde, fast aus Abenteuerlust. Und da alles, was Don Gaetano tat, nur einem guten Zweck dienen konnte, beruhigten sie sich wieder.

Alle fühlten sich sofort verpflichtet, meine Bilder zu loben. Die Prälaten jene Bilder, die sie in Ausstellungen gesehen hatten, der Minister und der Industrielle die aus ihren eigenen Sammlungen. (Sie besaßen tatsächlich Bilder von mir; darunter sogar einige, die ich mit ›warmen Füßen‹ gemalt hatte.) Es wurde also über Malerei gesprochen. Doch trotz aller Komplimente merkte ich bald, daß für die vier Prälaten die Kunst bereits seit einem Jahrhundert tot war. Für sie war der letzte Maler, der etwas von seinem Handwerk verstand, Nicolò Barabino gewesen. (Bei der Nennung dieses Namens entsann ich mich der Madonna unter dem Ölbaum, die meine Mutter als kitschigen Öldruck überm Bett hängen hatte. Viele Jahre hindurch, seit dem Tag, an dem ich erstmals einen Stift in die Hand genommen hatte, hatte ich dieses Bild kopiert: stets meisterhaft, wie meine Mutter behauptete; nur die letzten Male annehmbar, wie ich glaubte.) Für den Minister und den Industriellen hatte die Malerei dagegen überhaupt nie existiert, außer eben als Geldanlage, nachdem sie einen gewissen Punkt ihrer Karriere erreicht hatten und über Lebensstil und Bankkonten verfügten. Darum stimmten sie auch nicht mit der Meinung der Prälaten überein. Denn was die Malerei der vergangenen Jahrhunderte anginge, so sei die Kotierung der unbedeutenden Maler ungewiß und jene der alten Meister sei, unabhängig von ihrem tatsächlich vorhandenen Wert, großen Schwankungen ausgesetzt. Bei den modernen Malern hingegen könne man, ob sie nun bedeutend oder weniger bedeutend seien, fest mit einem Wertzuwachs rechnen. Nur, warf der Kardinal ein, gäbe es unter den Modernen keine bedeutenden Maler mehr. »Abgesehen, versteht sich, von unserem hier anwesenden Freund«, fügte er nicht sonderlich überzeugend hinzu. Ich wehrte ab, genauso wenig überzeugend, und nannte den Namen Guttuso. Der Kardinal meinte, daß es zur Größe wohl doch einiges mehr bedürfe. Don Gaetano indes begann eine Lobrede auf jene Kreuzigung Guttusos, die vor dreißig Jahren soviel Staub aufgewirbelt hatte, und die man jetzt hoffte, für die Vatikanmuseen erwerben zu können.

Einer der Bischöfe fragte nach dem Grund des seinerzeitigen Skandals.

»Weil die Figuren alle nackt sind«, erwiderte Don Gaetano mit zynischer Verwunderung über all jene Spießer, die vor dreißig Jahren Anstoß daran genommen und geglaubt hatten, die Kreuzigung werde durch die Darstellung des Nackten verunglimpft. Die übrige Geistlichkeit stimmte darin überein, die Entblößung Christi, der Jungfrau und der Klagenden Frauen wäre durchaus unschuldig, wenn Absicht und Wirkung auf den Betrachter ebenso unschuldig seien. Schließlich sei man heute an ganz andere Lästerungen gewöhnt, mit denen diese erhabene Tragödie in den Schmutz gezogen werde. Womit man anfing, die Lästerungen und Obszönitäten gegeneinander abzuwägen, mit denen man sich heute konfrontiert sähe. Einer der Bischöfe unterbrach und kam auf Guttuso zurück. Dieser Maler sei doch Kommunist.

»Wer ist das schon nicht?« meinte Don Gaetano und ergänzte spöttisch: »*Weil wir uns nicht als Nichtkommunisten bezeichnen können.*«

Es war nicht klar, ob er das im Ernst oder im Spaß meinte, und so fiel die Zustimmung recht zweideutig aus. Dann herrschte Schweigen.

Ich brach es – eingeschüchtert, aber mich zu einem leichten, fast scherzhaft klingenden Tonfall zwingend – und fragte, was sie eigentlich von der von Paul VI. betriebenen Wiedereinsetzung des Teufels hielten.

»Ach, der Teufel«, schnaubte ironisch der Kardinal. Und seine Ironie galt nicht nur mir, der ich diese Frage gestellt hatte.

»Bei allem Respekt, versteht sich, bei aller unterwürfigen Ehrerbietung, die dem Heiligen Vater gebühren«, sagte der Minister, »frage ich mich doch, ob dies wirklich der rechte Moment gewesen ist, um die Frage nach dem Teufel aufzuwerfen.« Und er schaute mich an, als müsse ich ihm zu dem Mut gratulieren, diese Bemerkung in Gegenwart eines Kardinals, dreier Bischöfe und eines Geistlichen zu wagen, der für seinen scharfen Verstand, sein Wissen und seine Macht bekannt war.

»Es *war* der rechte Zeitpunkt«, stellte Don Gaetano fest.

Ich sah sie an, die vier Prälaten und die anderen zwei Getreuen, und ich erriet, was in ihren Köpfen vorging. Eine Senkung hätten es die Baufachleute genannt. Und dabei geschah das gleiche, wie wenn ein eben gebautes Haus sich senkt: Es entstanden Risse und Spalten.

»Ich will nicht sagen, daß es nicht der rechte Moment war«, meinte schließlich der Kardinal, »ich will lediglich sagen, daß man halt ... Na ja, ich weiß nicht, die ganze Art, der Modus ... Vielleicht hätte man ...« Dann schwieg er, in schlauer Überlegung darauf bedacht, es den anderen zu überlassen, weiter daran hochzuklettern und, einmal am Gipfel angelangt, von Don Gaetanos Bemerkungen zerschmettert zu werden. Nicht minder klug (und zu meiner Enttäuschung) verstanden es jedoch die drei Bischöfe und die anderen zwei Getreuen, dem theologischen Disput auszuweichen. Statt dessen erörterten sie die Rede von Papst Paul VI. über den Teufel unter den rein bürokratischen Gesichtspunkten eines Ministerialerlasses etwa. Der Papst nahm dabei die Rolle des Ministers ein, dessen mehr oder weniger ungeschickt verfaßten oder obskuren Dekrete stets das Werk von Ministerialdirektoren sind. Und Ministerialdirektoren gibt es viele: Die einen sind dem Minister ergeben, aber unfähig; die anderen zwar befähigt, ihm aber nicht ergeben; dritte sind befähigt und ergeben; und schließlich gibt es sogar Leute, die unfähig und ihm nicht ergeben sind.

»Und die Gesundheit, was macht die Gesundheit des Papstes?« fragte der Industrielle.

»Den Päpsten«, sagte Don Gaetano, »geht es gesundheitlich immer gut. Man kann sogar sagen, daß die Päpste nicht nur in guter Gesundheit, sondern vor lauter Gesundheit sterben. Ich spreche selbstverständlich von der geistigen Gesundheit«, Don Gaetano wandte sich dem Industriellen zu, »da Ihre Frage, zweifellos ohne jeden Hintergedanken, darauf anspielt. Andere Leiden und Gebrechen zählen nicht ...«

»Sicher«, unterbrach ich. »Das hat es ja noch nie gegeben, daß ein Papst aufgrund altersbedingter Arterienverkalkung an Anfällen von geistiger Verwirrung leidet. Das heißt: man hat jedenfalls nie etwas davon gehört.«

»Genau, das hat es nie gegeben«, sagte der Kardinal.

»Man hat nie etwas davon gewußt«, korrigierte ich.

»Dinge, von denen man nichts weiß, gibt es nicht«, sagte Don Gaetano.

»Ich würde sagen, es kann gewisse Dinge, von denen man nichts weiß, durchaus geben«, widersprach ich. »Ja, einverstanden. Denken Sie jedoch daran, daß wir hier von der Kirche sprechen, vom Papst«, sagte Don Gaetano. »Eine Macht ohne Machtmittel, eine Realität ohne Wirklichkeit. Das, was bei allen anderen weltlichen Dingen nichts als ein Anschein ist, der etwas verdecken oder vortäuschen soll, ist in der Kirche und bei deren Vertretern die sichtbare Auslegung und Äußerung des Unsichtbaren. Kurzum alles ... Das schließt jedoch nicht aus, daß wir uns gegebenenfalls auch einen Spaß daraus machen können, hinter den bizarren Einfällen einiger Päpste herzujagen, seien nun Senilität oder ein etwas exzentrisches Temperament ihre Ursache. Nehmen Sie zum Beispiel Papst Pius II. und seine köstlichen ›Commentari‹. Es ist einfach bizarr, daß sich ein Papst hinsetzt und die Geschichte seines Lebens aufschreibt. Einem Abenteurer stünde das viel besser an als einem Papst.«

Kardinal und Bischöfe versteiften sich und widersprachen. Aber es stellte sich heraus, daß sie die ›Commentari‹ gar nicht gelesen hatten, während Don Gaetano all jene Stellen aus dem Gedächtnis zitieren konnte, die ihm in sein Konzept paßten.

»Ich würde sagen«, fuhr Don Gaetano fort, »daß Pius II. zu einem gewissen Zeitpunkt, dem Zeitpunkt nämlich, da er seine ›Commentarii‹ zu diktieren begann, nicht länger seine Genugtuung darüber verbergen konnte, daß es ihm gelungen war, den Stuhl Petri zu besteigen, ein Erfolg, an dem weniger der Heilige Geist als sein eigener Geist beteiligt war. Und da überkam ihn die unwiderstehliche Lust, allen zu verkünden: Seht her, hier sitze ich, auf dem Stuhl Petri, ich, der alte Enea Silvio Piccolomini, der aus der ›Geschichte der beiden Liebenden‹; ich habe es geschafft, ich habe euch alle an der Nase herumgeführt ... Ein stendhal'scher Held avant la lettre ...« Und um den Kardinal zu beruhigen, der in peinlicher Verlegenheit versuchte, ihn durch diskretes Hüsteln zur Ordnung zu rufen, fügte Don Gaetano hinzu: »Doch er war ein großer Papst, Eminenz, ein großer Papst und ein Heiliger. Und schließlich ist er schon mehr als fünfhundert Jahre tot ... Da fällt mir etwas ein: Nachdem er in der Nacht vom 14. auf den 15. August des Jahres 1464 gestorben ist, werde ich zum Abschluß des zweiten Exerzitienturnus, der gerade auf dieses Datum fällt, über Pius II. sprechen.«

»Eine gute Idee«, meinte der Kardinal frostig.

»Ausgezeichnet«, brummte, mit vollem Mund, der Minister und zeigte mit der Gabel auf den Teller, der vor ihm stand. Er meinte das gefüllte Perlhuhn, das in der Tat vortrefflich schmeckte.

An dieser Stelle fällt mir auf, daß ich es über dem Versuch, unser Gespräch wiederzugeben, versäumt habe zu erwähnen, daß unterdessen im Speisesaal eine ausgesprochen lebhafte Atmosphäre herrschte. Die Speisekarte aus bedrucktem Büttenpapier, auf deren Vorderseite die Versuchung des Heiligen Zafer als Strichzeichnung prangte, war außergewöhnlich reichhaltig, das Essen vorzüglich, sowohl was die Qualität als auch was die Quantität anging. Mit einem Schlag war alles anders geworden im Hotel Zafer: Das Refektorium war überfüllt, der Koch gab sein Bestes, die Bedienung war prompt und zuvorkommend. Außer dem knappen Dutzend Kellner waren noch einige Mädchen dem Saaldienst zugeteilt, und obwohl sie irgendeinem obskuren Orden angehörten, mangelte es ihnen nicht an einer gewissen Koketterie und Keßheit. Weitere Einzelheiten: Auf jedem Tisch leuchtete ein Blumenarrangement in lebhaften Farben; die fünf Damen waren verschwunden; das Tischgebet wurde vom Kardinal gesprochen. Apropos Tischsegen wäre noch zu ergänzen, daß ich, als alle aufstanden, sich bekreuzigten, das Gebet herunterleierten und sich wieder bekreuzigten, das klare Gefühl hatte, ich würde hier hineinpassen wie die Faust aufs Auge. Allerdings muß ich bekennen, daß ich es nicht fertiggebracht habe, meinen Vorsatz auszuführen und sitzenzubleiben, während alle sich erhoben.

Als ich den Speisesaal verließ, fing ich den Priester mit der langen Mähne ab, den Peanutsfan, und erkundigte mich, was aus den fünf Frauen geworden sei.

»Wo denken Sie hin? Sie sind auf ihren Zimmern«, murmelte er undeutlich und flüchtete.

Am Nachmittag fanden die ersten Exerzitien statt. Sie wurden vom Kardinal feierlich eröffnet. Er sprach über eine Stunde lang. Ich hörte zerstreut zu, allerdings weniger zerstreut als die Seinen. Er setzte die Bibel und speziell den Exodus einem erbarmungslosen Trommelfeuer aus, dann wandte er sich einer neuen theologischen Bewegung zu, welche die Hoffnung zu ihrem Gegenstand macht. Ich verstand nur soviel, daß diese Bewegung Hoffnung nannte, was Verzweiflung war. Es fiel nicht ein einziger Hinweis auf die Evangelien, und der Name Christus wurde nur zwei- oder dreimal ausgesprochen.

Als der Kardinal bei der letzten Seite des Manuskriptes angelangt war, von dem er abgelesen hatte, entschlüpfte jedem ein diskreter Seufzer der Erleichterung. Zusammen hörte es sich an, als entweiche die Luft aus einem Ballon. Man klatschte, und der Kardinal machte eine abwehrende Handbewegung. Als der Applaus verklungen war, forderte Don Gaetano die Anwesenden auf, sich auf ihre Zimmer zurückzuziehen und eine Stunde lang über das von Seiner Eminenz Gesagte zu meditieren. Die Schar, die zum Ausgang strömte, hatte allerdings, wie ich bald entdeckte, ganz andere Absichten. Es wurde von Büchern gesprochen, die man lesen wollte, von Berichten, die geschrieben werden müßten, von unerledigter Korrespondenz und von Anrufen, die man erwartete. Einer, der sich im Hinausgehen an meiner Seite befand, zeigte mit dem Finger auf einen dürren, kleinen Mann mit dikken Brillengläsern und sagte: »Der weiß, wie im Zimmer seine Zeit vertreiben.« Ich fragte zurück, wer der Mann denn sei.

»Wie, den kennen Sie nicht? Das ist doch ...« Er nannte einen Namen, der mir sehr geläufig war.

»Ach ja, natürlich«, sagte ich, »ich war mir nicht ganz sicher. Und was hat er jetzt vor?«

Der andere machte ein paar vielsagende Handbewegungen. Gleichzeitig spiegelten sich in seinem Gesicht lüsterne Begierde und Neid wider. Dann, plötzlich mißtrauisch geworden, suchte er das Weite.

Draußen, auf dem Platz vor dem Hotel, standen noch zwei Gäste, die sich angeregt unterhielten. Sie sprachen über neue Straßen und öffentliche Ausschreibungen. Don Gaetano, der nach mir hinausgetreten war, ging mit ausgestrecktem Zeigefinger auf sie zu und sagte tadelnd: »Aber Herr Rechtsanwalt! Herr Abgeordneter! Ich muß mich doch sehr wundern ... Immer noch damit beschäftigt, über Geschäfte zu diskutieren! Sie gehen jetzt auf Ihre Zimmer und denken über die Worte Seiner Eminenz nach!«

Wie beim Marmeladenaschen in der Speisekammer ertappte Jungen schossen die beiden auseinander und verschwanden hastig im Hotel.

Don Gaetano lächelte und kam auf mich zu. »Ich möchte wetten, daß Sie über die Rede des Kardinals intensiver nachdenken als alle anderen zusammen.«

»Sie sollten nicht allzu große Hoffnungen in mich setzen«, sagte ich. »Ich denke zwar tatsächlich nach, aber über eine Anspielung, eine ziemlich boshafte Anspielung, wie ich glaube, die soeben einer Ihrer Gäste beim Verlassen der Kapelle gemacht hat, derzufolge ...« – ich nannte den Namen – »die Zeit auf seinem Zimmer irgendwie auf besondere Art zu verbringen wüßte. Ich habe mich gefragt, worauf er damit anspielen wollte.«

»Auf eine Frau, natürlich.«

»Auf eine Frau, die er sich im Zimmer hält?«

»Nicht ganz. Die Frau hat ihr eigenes Zimmer.«

»Ich verstehe! Eine der fünf Damen.«

»Ganz richtig. Und alle fünf Frauen sind aus dem gleichen Grund hier. Wohlverstanden, nicht alle für denselben Mann.«

»Und Sie erlauben ...«

»Mein lieber Freund, ich erlaube alles.«

»Ach so ... und die Exerzitien?«

»Ich fürchte, Sie glauben mehr daran, als ich es tue. Sie nehmen sie sehr wörtlich, Sie suchen darin ihre ursprüngliche Bedeutung, das, was Ignatius von Loyola damit beabsichtigte ... Im übrigen scheint mir, daß der Laizismus, jene antiklerikale Haltung, die Sie vertreten, nichts anderes ist als die Gegenreaktion auf jenen übertriebenen Respekt, den Sie einmal vor der Kirche und vor uns Priestern empfunden haben. Sie richten an die Kirche, an uns, allzu perfektionistische Erwartungen, Sie behaften uns darauf, während Sie selber und Ihre Gesinnungsgenossen natürlich außerhalb stehen, dort wo es bequem und gemütlich ist. Die einzige Antwort, die wir Ihnen und Ihren Freunden darauf geben könnten, wäre, Sie zu Exerzitien einzuladen, um gemeinsam zu erfahren, wie unvollkommen wir sind ... Nun, ich will es einmal aus Ihrer Sicht betrachten, das heißt von der Annahme ausgehen, Exerzitien seien mit Kasteiungen verbunden ... Gut: Diese fünf armen Kerle haben Frau, Kinder, Stammwähler, Gegner, Freunde und Feinde, von denen sie erpreßt werden, Freunde und Feinde, die jeden ihrer Schritte und auch ihre Telephonanschlüsse kontrollieren ... Und wie es eben üblich ist, haben sie sich eine Geliebte zugelegt. Das ganze Jahr hindurch träumen sie von dieser einen Woche hier, während der die Exerzitien abgehalten werden. Und eines Tages ist es soweit: Ihre Maitressen schikken sie natürlich voraus, mit einem Empfehlungsschreiben an mich, versteht sich. Darin weisen sie auf die schwachen Nerven der Dame hin und betonen, daß sie hier, wo die Tröstungen der Religion nicht fern sind, nach all den erlittenen Schicksalsschlägen und familiären Schwierigkeiten vielleicht ihre innere Ruhe wiederfinden könnten. Ich tue, als begriffe und wüßte ich nichts und nehme die Dame auf. Denn ich weiß nur zu gut, daß sie hier anstelle ihres Traums von der Liebe für eine Woche die Hölle erwartet ... Dieser Schwachkopf, der Sie angesprochen hat, stellt sich erotische Wonnen und einen atemberaubenden Liebesrausch vor. Wissen Sie, was diese fünf Ehebrecher, diese fünf Sünder in Wirklichkeit tun? Sie streiten sich mit ihren Mätressen. Sie streiten sich grundlos oder aus irgendeinem geringfügigen Anlaß. Es ist, als müßten sie sich selber strafen, weil sie sich schuldig fühlen, weil sie sich als Ehebrecher vorkommen. Wenn Sie jetzt hinaufgingen und an ihren Türen lauschten (und das tun in diesem Augenblick viele), dann könnten Sie sie streiten hören: heftiger und grausamer als je ein verheiratetes Paar. Glauben Sie mir, die beste Art, Liebe zu machen, ist die spontane, flüchtige Beziehung, wie sie eine Prostituierte bietet ...«

»Aber Sie wollen doch nicht ...«

»Der Liebesakt ist etwas so Natürliches und Einfaches. Und was bedeutet er schon? Es ist dasselbe, wie Durst zu haben und zu trinken. Es gibt nichts Unkomplizierteres als Durst zu haben und zu trinken, den Genuß, das Glas an die Lippen zu führen ... und keinen Durst mehr zu verspüren. Es ist so einfach. Aber stellen Sie sich vor, der Mensch hätte (aufgrund einer anders angelegten Schöpfungs- und Entwicklungsordnung) über das Wasser, den Durst und das Trinken ebensoviel nachgedacht wie über die Liebe, er hätte sie mit ebenso vielen Gefühlen beladen, sie mit ebenso vielen Verboten und Tabus belegt wie die Liebe, ein ganzes Rechtsgebäude um sie errichtet ... Es gäbe heute nichts Außergewöhnlicheres und nichts Wunderbareres als zu trinken, wenn man durstig ist ... Und was die Prostituierten angeht ... Ist es nicht so, daß wir in unserem Leben nie mit größerem Genuß getrunken haben als aus einem Brunnenrohr an einer Straßenekke, aus einem Wassertrog an einem Feldweg?«

»Das vom Durst und Trinken ist nicht neu.«

»Eine russische Revolutionsparabel. Lenin geht es jedoch, wie Sie sich erinnern werden, um eine ganz andere Frage. Er lehnt es ab, aus einem Glas zu trinken, aus dem schon andere getrunken haben. Ziemlich reaktionär, finden Sie nicht?«

»Puritanisch. Ich würde es puritanisch nennen. Alle Revolutionäre sind puritanisch.«

»Ja, wenn er gesagt hätte: Ich trinke immer nur aus demselben Glas ..«

»Einverstanden. Aber sind Sie selber nicht noch viel reaktionärer, indem Sie verlangen, daß es Prostituierte gibt?«

»Ich bin ebenso reaktionär, wie ich revolutionär bin.«

»Und für Sie ist es auch nicht eine Sache des Glases«, sagte ich boshaft.

»Halt! Werden Sie nicht gewöhnlich. Versuchen Sie lieber, sich von den Einflüssen jener übelwollenden und vulgären Literatur über uns Geistliche zu befreien, mit der sich alle Italiener, selbst die praktizierenden Christen unter ihnen, besudeln. Seien Sie etwas feinsinniger und ernsthafter ... Von mir selbst kann ich sagen, was ein mittelalterlicher Chronist über Heinrich VII. berichtet: ›Er blieb keusch an Körper, und die Keuschheit war es, die ihn im Innern verfaulen ließ.‹ Es ist die Keuschheit, die mich so vereinfachend über das sprechen läßt, was man Liebe nennt. Und in Ihrem Fall ist es die fehlende Keuschheit, die Ihnen alles als kompliziert erscheinen läßt, was mit der Liebe zusammenhängt. Gewiß, Keuschheit ist grauenhaft; aber nur die erste Zeit, nachdem man sich für sie entschieden hat und mit ihr konfrontiert ist. Danach geschieht etwas, was mit dem vergleichbar ist, Sie verstehen mich, was auch in der Kunst dem Künstler passiert. Die dem Ausdruck durch die Materie auferlegten Grenzen werden zur Form selbst und somit nicht länger als Beschränkung empfunden. In derselben Weise wird die Keuschheit zur erhabensten Form, mit der sich Selbstachtung und Stolz kleiden können, das Leben selbst wird auf diese Weise zum Kunstwerk.«

»Ich könnte ohne Frau nicht leben«, sagte ich, »und zwar mit allen nur erdenkbaren Komplikationen. Nicht immer mit derselben Frau, versteht sich. Eine Frau verschwindet aus meinem Leben, eine andere kommt. Und manchmal ist die zweite schon da, bevor die erste gegangen ist.«

»Und ich wette, es ist immer die gleiche Frau. Der gleiche Charakter, und zuweilen sehen sie sich sogar ähnlich.«

Ich überlegte. »Vielleicht würden Sie diese Wette gewinnen«, sagte ich.

»Sehen Sie? Vielen geht es so. Es ist ein ziemlich verbreitetes Übel. Mit der Pubertät hört man zwar auf, ein Kind zu sein. Aber die meisten finden doch noch eine Möglichkeit, weiterhin Kind zu bleiben, und ausgerechnet im Bereich der Sexualität, der sich erst nach der Pubertät ganz eröffnet. Um es deutlicher zu sagen: Die seriöseste unter den vielen unseriösen wissenschaftlichen Entdeckungen der Kinderpsychologie ist der Wiederholungszwang. Allerdings war es nicht schwer, diese Gesetzmäßigkeit herauszufinden. Ein Kind will dasselbe Märchen immer wieder hören, es zieht stets ein und dasselbe Spielzeug allen anderen vor, und es spielt immer dasselbe Lieblingsspiel. Bis das Kind kein Kind mehr ist.

Doch der Frauenheld steht auch noch nach der Pubertät unter diesem Wiederholungszwang, und in dieser Beziehung gibt es zwischen einem jungen Mann und einem alten keinen Unterschied. Vom reifen Mann brauche ich hier nicht zu reden. Denn ein Weiberheld wird nie reif, wird nie erwachsen. Bei ihm geht die gefühlsmäßige und geistige Unreife nahtlos in die Senilität über. Sie sollten sich in acht nehmen. Jeder Don Juan wird gegen Ende seines Lebens kindisch. Er fällt in die Kindheit zurück und verblödet.«

»Ich werde mich gerade noch rechtzeitig vorher umbringen. Vorausgesetzt, ich leide wirklich an dieser Krankheit.«

»Das tun Sie. Und Sie werden sich nicht rechtzeitig vorher umbringen. Aus dem einfachen Grund, weil Sie gar nicht merken werden, wann Sie die Grenze zwischen infantil und senil überschreiten.«

»Finden Sie nicht auch, daß Sie in diesem Moment mir gegenüber die alten Waffen der katholischen Sexualphobie gezückt haben. Mit dem feinen Unterschied, daß Sie mir statt mit der Hölle mit Verblödung drohen?«

»Weit gefehlt, mein Freund. Eine katholische Sexualfeindlichkeit hat es nie gegeben. In der Vergangenheit hat man die Erotik ganz im Gegenteil bereichert und verfeinert. Allenfalls ließe sich hinter unserer heutigen permissiven Gesellschaft eine gewisse Sexualfeindlichkeit erahnen. Und im übrigen drohe ich Ihnen nicht. Ich stelle nur fest. Sie können zu dem gleichen Ergebnis gelangen, wenn Sie sich ein bißchen umschauen. Männer, die den Frauen nachgelaufen sind – jeweils einer oder mehreren gleichzeitig –, dürften Sie wohl gekannt haben. Und jetzt versuchen Sie, sich an deren letzte Lebensjahre zu erinnern.«

Und er ließ mich allein, mir selbst überlassen in dieser betrüblichen Aufgabe.

Pünktlich nach einer Stunde wimmelte es auf dem Platz wieder von Gästen. Sie hatten nachgedacht, das war nicht zu übersehen. Sie konnten es kaum erwarten, sich gegenseitig über das Ergebnis ihres Nachdenkens zu informieren: verschleierte Angebote, konkrete Summen, pikante Anekdoten über sympathische Feinde und unsympathische Freunde, Schmeicheleien, herablassende Urteile und sogar ein paar uralte schlüpfrige Witze. Die meisten standen zu zweit zusammen und flüsterten sich ins Ohr. Dabei fiel mir das ›nunquam duo‹ ein, das in den Seminaren als Regel gilt und bei allen Versammlungen von Katholiken die Regel sein sollte. Man konnte sich leicht vorstellen, wie die zwei, die sich neben mir etwas ins Ohr flüsterten, gegen andere zwei, die am entgegengesetzten Ende des Platzes standen, etwas im Schilde führten – und umgekehrt. Dasselbe galt für alle anderen Paare, die den Platz bevölkerten. Und plötzlich kam mir der Platz wie ein überdimensionierter Webstuhlrahmen vor, der mit einem engmaschigen Netz an Fäden, Intrigen und Hintergehungen bespannt war, und bei dem die Webschiffchen emsig von einer Hand zur anderen schossen.

Ich schlenderte über den Platz, von einem Grüppchen zum anderen. Ich fing einzelne Worte, Satzfragmente und auch vollständige Sätze auf: stets geflüstert, teils zögernd und vorsichtig, teils entschieden und fordernd. Oberflächlich betrachtet hätte man meinen können, sie redeten nur vom Essen, über die Appetitlosigkeit einiger und den Hunger der meisten: Dieser ißt, jener hat Hunger, der hat noch nicht gegessen, jener will nichts essen, kann nichts essen, möchte schon, aber darf nicht, man muß ihn dazu zwingen, der muß endlich aufhören zuviel zu essen, es gibt für alles eine Grenze usw. Natürlich sind dies nur Bilder für das, worum es wirklich ging. Aber dieses Bild setzte sich so in meinem Kopf fest, daß ich sie schließlich alle inmitten einer riesigen Müllhalde verfaulender Speisereste zappeln sah. Ich ging in den Wald. Als ich ins Hotel zurückkehrte, saßen alle schon bei Tisch.

Don Gaetano winkte mich an meinen üblichen Platz.

Kardinal und Bischöfe waren bereits abgereist. Auf ihren Plätzen saßen andere Persönlichkeiten, die mir von Don Gaetano vorgestellt wurden. Ihre Namen waren mir vertraut, und ich wußte auch, welche Ämter sie bekleideten. Ich beschloß, am nächsten Tag endgültig abzureisen.

Ich beteiligte mich nicht an der Unterhaltung, obwohl die unterschiedlichsten Themen berührt wurden. Ich hörte nicht einmal zu. Nur wenn Don Gaetano in das Gespräch eingriff, wurde ich aufmerksam. Es waren geistreiche Zitate, Pointen und Aphorismen, die er spitzzüngig und mit kühler Autorität vorbrachte. Und es war, als sei dies alles nur mir zuliebe gesagt, denn während er den Diskussionen der anderen desinteressiert und geistesabwesend folgte oder eben nicht folgte, beobachtete er mich verstohlen und versuchte, die Ursache meines Schweigens zu ergründen. Und seine Spitzen sollten mir zeigen: Oh, wie ich Sie verstehe! Auch ich finde es unerträglich. Aber sehen Sie, wie ich sie behandle. Tatsächlich war mir jedoch Don Gaetano ebenso unerträglich wie die anderen.

Nach dem Abendessen, als alle wieder ins Freie strebten, bemerkte ich, wie sich alle um Don Gaetano versammelten. Aber nicht spontan oder zufällig, sondern wie zu einem bestimmten Vorhaben. Meine schlechte Laune schwand, und ich wurde neugierig.

Zuerst bildeten sie einen Kreis. Dann – als die Gruppe vollzählig war – verformte sich der Kreis zu einem Viereck. Don Gaetano, der zuerst im Mittelpunkt des Kreises gestanden hatte, befand sich jetzt in der Mitte der oberen Reihe des Quadrates. In dieser Anordnung verhielten sie einen Augenblick: still und schweigsam. Dann hob sich die Stimme Don Gaetanos: »Im Namen des Vaters und des Sohnes und des Heiligen Geistes. Amen.« Das Quadrat geriet in Bewegung. Wie ich schon erwähnt habe, war der Platz vor dem Hotel sehr groß, und jetzt, da nahezu alle Lichter gelöscht waren, erschien der Platz um so größer. Das Quadrat marschierte vom Hoteleingang zum gegenüberliegenden Ende des Platzes. Dort angekommen, schien das Gebilde – während im Chor das Vaterunser gesprochen wurde – konfus in sich zusammenzufallen, und nur mit Mühe wurde die exakte geometrische Ordnung wiederhergestellt. Dann wälzte sich das Quadrat wieder auf das Hotel zu. Im Licht, das aus dem Eingang und den Fenstern des Erdgeschosses schimmerte, bemerkte ich, daß sich die erste Reihe – in ihrer Mitte wiederum Don Gaetano – nicht mehr aus denselben Gläubigen zusammensetzte wie kurz zuvor, als der Trupp losmarschiert war. Mir wurde sofort klar, daß die Bewegung, die am anderen Ende des Platzes ins Quadrat gekommen war, geordneter gewesen sein mußte, als es aus der Entfernung betrachtet ausgesehen hatte. Don Gaetano war also kurz vor der Kehrtwendung stehengeblieben, hatte das Quadrat allein weitermarschieren lassen, bis er sich, im Augenblick der Kehrtwendung, in die Mitte der letzten Reihe einschieben konnte, die jetzt die erste Reihe war. Gewiß, einige kamen dabei ein bißchen durcheinander, das Aufsagen des Rosenkranzes stockte jedoch keinen Augenblick.

Neben mir setzte sich jemand in einen Liegestuhl. Ich beachtete ihn nicht weiter. Erst als ich meinen Nachbarn auflachen und höhnisch kichern hörte, sah ich ihn mir an. Er war hemdsärmelig, hatte eine Stoffserviette um den Hals gebunden und eine zweite in der Hand, mit der er sich Kopf und Gesicht trocknete. »Jeden Sommer«, sagte er zu mir, »jeden Sommer komme ich her, nur um mir diese Schau nicht entgehen zu lassen, auch wenn sie mich noch so mies bezahlen.« Wieder ein höhnisches Kichern, dann hastig – wie im Kino, wenn man den Faden der Handlung nicht verlieren oder den Auftritt eines Hauptdarstellers nicht versäumen will – der ergänzende Hinweis: »Ich bin der Koch«, und schon war er wieder in das Schauspiel versunken. Danach kicherte er nur noch hin und wieder genüßlich vor sich hin.

Und das Schauspiel war wirklich sehenswert. Dieses Auf- und Abmarschieren über den fast finsteren Platz, nicht etwa in der gemächlichen Art eines Spazierganges, sondern im Eilschritt von hinten, die sich im Dunkeln fürchten und hastig das Licht suchen (das Licht war vor dem Hoteleingang, vor dem sie das Tempo tatsächlich verlangsamten und zögerten, bevor sie wieder in die Finsternis zurückmarschierten); diese Stimmen, die sich zum Vaterunser, zum Ave Maria und Gloria erhoben, und die etwas Erschrockenes und Hysterisches hatten; dann die Stimme Don Gaetanos, die den anderen – distanziert und kalt – vorbetete, wobei die Ausrufe wie »geheimnisvolle Botschaft«, »Mysterium der Erlösung«, »immerwährende Versuchung« und »seelendurchbohrendes Schwert« als physisch gewordene Realität tastbar vorhanden schienen, keine Metaphern mehr waren, sondern Geschehnisse, die sich gleich ereignen würden, hier, am Ende der Welt, am Abgrund zur Hölle, an eben diesem Ort, der sich Hotel Zafer nannte. Auch ein Außenstehender, der wie ich oder der Koch, dieses pseudoreligiöse Schauspiel beobachtete, das bereits etwas Groteskes hatte, konnte dahinter eine Wahrheit verspüren, Angst und Verdammnis, in diesem Marsch durch die Finsternis, in den mit hysterischer Stimme gemurmelten Gebeten; etwas, das wahrhaftig an den Sinn der Exerzitien grenzte. Es war, als fühlten sich alle zutiefst verzweifelt im Gedränge einer Höllengrube, ohne Möglichkeit zu fliehen.

Unwillkürlich kam einem dabei Dantes Hölle der Diebe in den Sinn.

»Hat Ihnen die Rosenkranzszene gefallen?« fragte mich tags darauf Don Gaetano.

»Unwahrscheinlich gut.«

»Ich wußte, daß sie Ihnen gefallen würde.«

»Schade, daß wir es nur zu zweit genossen haben: der Koch und ich.«

»Aha, der Koch ... Ja, ich weiß, ein wahrer Aficionado. Ein intelligenter Mann – seine Kochkunst beweist es –, aber hartnäckig antiklerikal auf die altmodische Art. Ich glaube nicht, daß er Kommunist ist; Republikaner vielleicht, oder Sozialist ... Jedoch ist Ihre Annahme, nur Sie und der Koch hätten etwas davon gehabt, falsch. Auch ich habe mich daran ergötzt.«

»Gestatten Sie mir eine Frage?«

»Bitte.«

»Was für ein Priester sind Sie eigentlich?«

»Ein Priester wie alle anderen Priester.«

»Nein, das würde ich wirklich nicht sagen.«

»Kennen Sie denn viele Priester?«

»Ich kannte einige, früher, als Junge in einem kleinen Dorf. Zwei oder drei gute, neun oder zehn schlechte. Als gut galten jene, die ihre Nase nicht in anderer Leute Angelegenheiten steckten, die nicht allzu hohe Heirats-, Begräbnis- und Tauftarife verlangten, die an ihrer Kirche ein paar Restaurierungsarbeiten durchführen ließen, die mehr schadeten als nützten, und die nie einen Anlaß zu übler Nachrede boten. Die schlechten waren die, die habsüchtig und geizig waren, ihre Kirche zerfallen ließen, im Beichtstuhl die Frauen gegen ihre Männer aufhetzten und sich stets mit *Ursulinen*, Töchtern Marias und vermögenden alten Betjungfern umgaben. Aber alle, die guten wie die schlechten, waren von einer erschreckenden Unwissenheit.«

»Ich begreife Ihr Problem: Sie wissen nicht, ob Sie mich zu den guten oder schlechten Priestern zählen sollen ... Nun gut: Ich bin schlecht.«

»Nein, das ist nicht mein Problem.«

»Aber ja, natürlich ist es das ... Und Sie hätten es durch

meine Einstufung in die Kategorie der schlechten Priester auch schon gelöst, wenn es da nicht eine Schwierigkeit zu überwinden gäbe, den Umstand, daß ich nicht gerade unwissend bin ... J'ai lu tous les livres ... Aber dieses Hindernis können Sie beseitigen, indem Sie in mir einen schlechten Priester sehen, der im Unterschied zu anderen schlechten Priestern, die Sie als Junge kannten, eine Menge Bücher gelesen hat ... Ich will Sie sogar in ein Paradoxon einweihen, das meine nicht etwa durch Bescheidenheit, sondern durch Überzeugung bedingte Selbstbeurteilung erklärt: Die guten Priester sind in Wirklichkeit die schlechten. Das Überleben, mehr noch den Triumph der Kirche durch die Jahrhunderte verdankt man mehr den schlechten als den guten Priestern. Hinter dem Bild der Unvollkommenheit verbirgt sich nämlich die Idee der Vollkommenheit: Der Priester, der den Geboten zuwiderhandelt und diese sogar durch seine Lebensweise in den Schmutz zieht, tut damit letztlich nichts anderes, als den Sinn dieser Gebote zu rechtfertigen, sie zu bestätigen und in hellerem Glanz erstrahlen zu lassen ... Eine banale Wahrheit, die ich auch subtiler ausdrücken könnte.«

»Demnach wäre also Alexander VI. der größte Papst gewesen.«

»Auch das ist eine Banalität, eine Bemerkung, die ich eher – verzeihen Sie – vom Koch als von Ihnen erwartet hätte. Aber Sie haben nicht ganz unrecht: Alexander VI. war, malgré lui, ein großer Papst. Müßte ich wählen zwischen Pius X. und Alexander VI. ...«

»Dann würden Sie sich für Alexander VI. entscheiden.«

»Genau. Aber wir bewegen uns, das sollten Sie nicht vergessen, in der Sphäre der Paradoxa. Außerhalb dieser Sphäre beruht die Größe der Kirche, beruht alles, was an ihr ›nicht von dieser Welt‹ ist, auf einer Verabsolutierung der geschichtlichen Betrachtungsweise. Alles was geschieht, ist notwendig und unausweichlich, immer schon beschlossen, von unbestreitbarem und gesichertem Nutzen: jedes innerkirchliche Ereignis in seiner Beziehung zur Welt, jeder einzelne, der der Kirche dient und Zeugnis ablegt für den Glauben, jedes Glied ihrer Hierarchie, jeder Wandel, jeder neue Papst ...«

»Sie sind ein Fanatiker.«

»Dachten Sie, ich könnte es nicht sein in diesem Gewand? Vorausgesetzt, daß für Sie, der ein Fanatiker ist, der Gewißheiten besitzt... Aber meine Gewißheiten – das wissen Sie wiederum nicht – sind genauso zersetzend wie Ihre Zweifel... Im übrigen können wir zu den Paradoxa zurückkehren, sofern dies die Form der Wahrheit ist, die Ihnen besser zusagt.«

»Nein. Sagen Sie mir lieber so direkt, so einfach wie möglich: Was ist das, die Kirche?«

»Also schön: Ein guter Priester würde antworten, es sei die von Gott einberufene Gemeinde; ich dagegen, ein schlechter Priester, sage, sie ist ein Floß, meinetwegen das Floß der Medusa, aber ein Floß.«

»Ich erinnere mich zwar an das Gemälde von Géricault, nicht aber an das, was auf diesem Floß passiert ist, obgleich ich vor vielen Jahren ein ganzes Buch darüber gelesen habe. Irgend etwas Entsetzliches, Fürchterliches war es... Konnte eigentlich jemand von diesem Floß gerettet werden?«

»Fünfzehn von hundertneunundvierzig! Wahrscheinlich zu viel... Ich spreche jetzt nicht vom Floß der Medusa, sondern vom Floß der Kirche. Zehn Prozent ist dafür eigentlich zu viel.«

»Und was hatten die fünfzehn unternommen, um gerettet zu werden?«

»Das interessiert mich nicht. Das heißt es interessiert mich insofern nicht, als für mich das Floß der Medusa eine reine Metapher für die Kirche ist.«

»Ich ziehe es vor, bei diesem Schiffbruch sofort unterzugehen.«

»Das stimmt nicht. Sie schwimmen ja schon, um das Floß zu erreichen. Den Schiffbruch haben Sie nämlich längst erlitten. Haben Sie das nicht gemerkt?«

Ich blieb allein. Ich ging zu meinem Wagen und dachte zugleich über das Floß der Medusa nach. Ich versuchte mich zu erinnern, was auf diesem Floß geschehen war. Aber es gelang mir nicht. Ich entsann mich nur undeutlich des Grauens, das ich seinerzeit beim Lesen dieser Geschichte empfunden hatte. Es war um Kannibalismus gegangen, dessen war ich fast sicher. »Dies ist mein Fleisch, dies ist mein Blut.« *Totem und Tabu,* meine erste

Begegnung mit Freud. Eine Offenbarung, ein blendender Blitzstrahl. Später merkt man dann, daß man die großen Erfahrungen in einem diskreteren und beständigeren Licht macht, fast ohne es wahrzunehmen ... Nein, ich schwamm nicht auf das Floß zu. Und Schiffbruch hatte ich noch nicht erlitten. Das Leben war für mich ein Schiff, das unter vollen Segeln dahinfuhr. (Wie soll man den »steamer balançant ta mâture« im Gedicht von Mallarmé übersetzen, aus dem Don Gaetano die Zeile »Ich habe alle Bücher gelesen« zitiert hatte? Und indem ich mir den Anfang des Verses vorsprach: »La chair est triste, hélas! et j'ai lu tous les livres ...« verdrängte ich den beunruhigenden Gedanken an den Schiffbruch und das Floß.)

Ich fuhr in die Stadt. Es war, als tauche ich in die Hitze eines Backofens ein. Aber es machte mir Spaß. Indem ich die glühende Mittagshitze ertrug, wurden Don Gaetano und seine Hoteleinsiedelei, wurden diese köstlichen, frischen Brisen seltsam unwirklich. Am frühen Nachmittag kehrte ich in die Einsiedelei zurück. Ich wollte mich im Wald unter die Bäume legen und etwas schlafen. Statt dessen fand ich mich auf einmal auf der Lichtung wieder. Die fünf Frauen lagen auf ihren bunten Tüchern und sonnten sich. Und diesmal war ich mit unter ihnen. Ein hinreißender Nachmittag. Ich trieb das Spiel nicht zu weit – auch mit dem Mädchen nicht, das mir am bereitwilligsten entgegenkam. (Allerdings hatte ich ihr auch nicht verbergen können, daß sie mir am besten gefiel.) Ich tat es nicht, weil ich entschlossen war, am nächsten Tag endgültig abzureisen. So stand mir nur noch eine letzte Nacht in diesem gräßlichen Hotel bevor, und auch das lediglich deshalb, weil ich die Rosenkranzszene noch einmal miterleben wollte. Sie faszinierte mich nicht weniger als den Koch.

Aber da war die Kausalkette, die sich um ein neues Glied verlängern sollte.

Das Abendessen verlief wie üblich. Vier neue Gäste saßen auf den Plätzen, die ursprünglich der Kardinal und die Bischöfe eingenommen hatten. Mir wurde somit klar, daß Don Gaetano, während der Minister und der Industrielle fester Bestandteil der Tafelrunde blieben, die vier anderen Tischgenossen jeden Tag auswechselte. Nach welcher geheimen Rangordnung dies geschah, wußte ich nicht. Er stellte mir die neuen Gäste vor. Ihre Namen waren mir nicht unbekannt, und auch sie kannten meinen Namen. Einer der vier war Leiter eines großen Staatsunternehmens. Erst vor kurzem hatte er sein Amt als Senator niedergelegt, um die Konzernleitung zu übernehmen. Ein scharf geschnittenes Fuchsgesicht. Ein Mann, der auf dem Gebiet der Patristik und Scholastik recht bewandert war.

Wie beim Tischtennis flogen Zitate und gelehrte Anspielungen zwischen ihm und Gaetano hin und her. Schließlich erwachte sogar in mir ein gewisses Interesse für Origines, Irenäus und den Pseudo-Dionysius, ein Interesse, das allerdings durchaus nicht religiöser Natur war. Ein Interesse à la Borges, wenn Sie verstehen, was ich meine.

Nach Beendigung der Mahlzeit versammelten sich alle auf dem Platz vor dem Hotel, genau wie schon am Vorabend. Ich setzte mich neben den Koch in den Liegestuhl.

»Ihnen macht das wohl auch Spaß«, empfing er mich.

»Warum nicht? Es ist ein außergewöhnliches Schauspiel.«

»Unbezahlbar. Das sagt Ihnen einer, der tatsächlich dafür bezahlt, wenn auch nicht viel. Aber früher oder später werde ich wohl den vollen Preis dafür bezahlen müssen: in Form einer Lungenentzündung.«

Mit der Serviette, die er in der Hand hielt, tupfte er sich sorgfältig den Schweiß auf Gesicht, Nacken und Ohren ab. »Sie ahnen ja nicht, welche Hitze in der Küche herrscht. Und ich stürze einfach raus, ohne mich vorher ein bißchen abzukühlen, und hier draußen weht immer ein frisches Lüftchen. Aber was wollen Sie: Drinnen ist eine Menge zu tun, und die Schau verpassen will ich auch nicht ... Das macht schon Spaß, heiliger Jesus, das macht Spaß, mit anzusehen, wie diese Hurensöhne hin und her rennen und den Rosenkranz beten ...«

»Die Kirche«, sagte ich, »versteht es eben, auch den Ungläubigen etwas zu bieten.«

»Mag sein. Ich jedenfalls pfeife auf die Kirche.«

»Wie sind Sie eigentlich ausgerechnet bei diesem Klosterhotel gelandet?«

»Durch Zufall, oder genauer durch den gemeinen Betrug eines Freundes, der damals zu mir sagte, es ginge ihm nicht gut, und ich solle ihn doch hier ein paar Tage lang vertreten. Alles Lug und Trug – er hatte bloß eine besser bezahlte Stelle gefunden. Als ich das hörte, wollte ich hier alles liegen- und stehenlassen ... Doch Don Gaetano ... Und dann die Schau hier ... Aber ich habe es Don Gaetano gesagt: Früher oder später werde ich ein Kilo Strychnin in die Suppe schütten, und dann bin ich über alle Berge ...«

»Und Don Gaetano?«

»Wissen Sie, was er geantwortet hat, dieser Hurensohn?« In seiner Stimme lag Bewunderung und Respekt. »Mein Sohn, hat er gesagt, wenn es soweit ist, dann gib mir rechtzeitig Bescheid, und ich werde die Suppe übergehen. Das ist ein Typ, sag' ich Ihnen. Moment mal, jetzt geht's los«, unterbrach er sich und machte es sich im Liegestuhl bequem.

Und wirklich, es ging los. Das Quadrat geriet in Bewegung, und Don Gaetano begann mit dem Vorbeten: »Im Namen des Vaters und des Sohnes und des Heiligen Geistes. Amen.«

»Ein vom Vater entsandter Engel ...«

»Vater unser, der du bist im Himmel ...«

»Gegrüßet seist du, Maria ...«

»Lobpreiset den Herrn ...«

»Gott Vater seit dem Anbeginn ...«

»Gott Vater nach dem Sündenfall ...«

»Vater unser ...«

»Gegrüßet seist du, Maria ...«

»Lobpreiset den Herrn ...«

»Gegrüßet seist du, Königin ...«

Abwechselnd von Don Gaetano und dem Chor gesprochen, stiegen die Gebete in das Dunkel der Nacht auf. Und all das – die Stimmen, der Sinn der Worte, dieses absurde Hin- und Herlaufen wie von Tieren hinter Gittern, das Zögern bei der beleuchteten Insel vor dem Hoteleingang, der furchtsame, hastige Marsch über den dunklen Platz –, all das hatte etwas von Geisterbeschwörung und Zauberei, vermischt mit jenem grotesken Humbug, wie man ihn – sofern man nicht daran glaubt – von spiritistischen Sitzungen her kennt.

»Heilige Maria.«

»Heilige Gottesgebärerin.«

»Heilige Jungfrau der Jungfrauen.«

»Mutter Christi.«

»Mutter der göttlichen Gnade.«

»Du reine Mutter...«

Und ich erinnerte mich an die lateinischen Worte aus meiner Kindheit, so wie sie von den Bäuerinnen gesprochen wurden, wenn sie sich im Winter um den Herd, im Sommer im Hof versammelten, um den Rosenkranz zu beten. Und diese Erinnerung fügte Groteskes zu Groteskem. Besonders war es die Erinnerung an das »turris eburnea«, das, so wie es von den Frauen ausgesprochen wurde, als eine Art Butterkeks an meine Ohren gelangt war, gleich der Versprechung eines schlaraffenlandähnlichen Paradieses – was mich als kleinen Jungen natürlich dafür einnahm.

»Du elfenbeinerner Turm.«

»Du goldenes Haus.«

»Du Arche des Bundes.«

»Du Pforte des Himmels.«

Und während Don Gaetano die Litanei beendete und der Chor das »Bitt für uns« anstimmte, ertönte ein kurzer dumpfer Knall.

Das Quadrat befand sich am anderen Ende des Platzes und hatte gerade die Kehrtwendung ausgeführt, als der Knall ertönte, genau zwischen der »Pforte des Himmels« und dem »Bitt für uns«. Nun stockte es, blieb für Sekunden reglos; dann stob es in alle Richtungen auseinander.

Zurück blieben nur Don Gaetano, bewegungslos an der gleichen Stelle, und zehn, fünfzehn Meter hinter ihm ein heller Fleck, eher eine Masse als ein Fleck. Ich brauchte vielleicht dreißig Sekunden, bis ich begriff, daß es ein Mensch war, bis ich die Umrisse eines zusammengesunkenen menschlichen Körpers wahrnahm. Und da drehte sich auch Don Gaetano um, der da gestanden hatte wie eine Statue, den Blick zum Hotel gewandt, und ging auf den Mann am Boden zu. Ich sah, wie er sich über den regungslosen Körper beugte und ihn bewegte. Der Koch und ich, wir erhoben uns gleichzeitig aus den Liegestühlen und eilten hinzu, gerade als Don Gaetano, mit einem Knie auf der Erde und erhobener Rechter, zu sprechen begann: *»Ego te absolvo in nomine Patris et Filii et Spiritus Sancti.«* Dann blickte er uns an und stand auf. »Tot«, sagte er. Es war der ehemalige Senator und Leiter des Staatsunternehmens, der während des Essens so witzig und geistreich mit Don Gaetano die Klingen gekreuzt hatte. Mit dem Tod hatte sein Gesicht den Ausdruck von Fuchsschläue verloren. Es wirkte nachdenklich und irgendwie zerbrechlich. Im flackernden Lichtschein meines Feuerzeuges sah ich es mir lange an. Dann betrachtete ich Don Gaetano und den Koch. Der Pfaffe wirkte eiskalt und völlig unerschüttert. Aber der Koch schwitzte mehr, als er es wohl je hinter seinen Töpfen getan hatte.

Nun kamen auch die anderen zögernd näher, und in ihren Bewegungen lag Ungeduld und Vorsicht zugleich: Die Neugierde zu erfahren, was vorgefallen war, und die Furcht vor dem, was sie dabei erfahren und zu sehen bekommen würden. Jeder fragte jeden und dann – im Näherkommen – uns: »Was ist denn passiert? Wer ist es denn? Tatsächlich? Was, erschossen? Wer hat geschossen?«

Schließlich umstanden sie den Toten in einem dicht gedrängten Kreis. Ich bahnte mir mit den Ellbogen einen Weg aus der Menge. Der Koch folgte mir.

»Ich will die Polizei rufen«, sagte Don Gaetano und wies alle an, den Toten nicht zu berühren. Dann verließ auch er das Gedränge und ging mit weit ausholenden, festen Schritten auf das Hotel zu.

Wir setzten uns wieder in unsere Liegestühle. Seltsamerweise war ich in die Rolle des Zuschauers zurückgefallen, als wäre das Verbrechen nichts als ein Happening, das dieser unglaublichen Rosenkranzszene etwas Bewegung verleihen sollte, um sie dadurch ein bißchen mehr der heutigen Zeit anzupassen.

Aber der Koch war beunruhigt. »Gott sei Dank«, meinte er mit zitternder Stimme, »habe ich neben Ihnen gesessen.«

»Wieso? Glauben Sie, man würde Sie sonst verdächtigen?«

»Das kann man nie wissen ... Irgendeinen Verdächtigen müssen sie ja finden. Und unter denen werden sie ihn nicht suchen ... Oder meinen Sie wirklich, die kämen auf den Verdacht, einer dieser ehrenwerten Herren hätte ihn während der Andacht erschossen?«

»Aber es kann nur einer von ihnen gewesen sein.«

»Ja, das sagen Sie, und das sag' auch ich. Aber die Polizei wird erst dann an einen von denen denken, nachdem sie ermittelt hat, daß alle anderen, die Kellner, die Küchenjungen, die Bauern aus der Umgebung, Sie und ich, nicht den geringsten Grund gehabt haben, diesem ehrenwerten Herrn den Garaus zu machen ... Ermittelt, sage ich. Und wie so was vor sich geht, werden Sie noch erleben ... Aber vielleicht nehmen sie sich Ihnen gegenüber nicht so viel heraus.«

»Und sei es nur deswegen«, fügte ich scherzend hinzu, »weil ich nie gesagt habe, ich würde sie alle vergiften.«

»Erinnern Sie mich bloß nicht daran! Ich weiß, Sie machen Scherze, aber die Polizei, wenn der so etwas zu Ohren kommt, läßt mich nicht mehr aus ihren Klauen. Ich kenne die, nur allzu gut kenne ich die ..«

»Sie hatten schon einmal mit der Polizei zu tun?«

»Ja, aber nicht weil ich etwas getan hatte, sondern weil man mir etwas getan hat. Man hat mich bestohlen. Ein Fremder, den ich im Auto mitgenommen hatte, hat mir die Brieftasche geklaut. Da habe ich Anzeige erstattet. Und wissen Sie, was die geglaubt haben?«

»Vortäuschung einer Straftat.«

»Genau. Einen halben Tag lang haben sie mich ausgequetscht. Verheiratet? Ja. Ein außereheliches Verhältnis? Nein. Spieler? Nie im Leben gespielt. Nicht einmal im Lotto? Nicht einmal im Lotto. Schulden? Nicht eine Lira. Wieviel war in der Brieftasche? So um die hunderttausend Lire. Wieviel genau? Weiß ich nicht. Das gibt's nicht! Und ob's das gibt! Na ja, sie sind so lange auf diesem Punkt herumgeritten, bis ich in meiner Wut den Kommissar gefragt habe, wieviel er genau in seiner Brieftasche hätte. Da hat er einen Augenblick lang verdutzt überlegt und mir dann trocken geantwortet: Siebenunddreißigtausendfünfhundert. Und ich daraufhin, naiv wie ich war: Na gut, dann wollen wir mal sehn. Oje, da war der Teufel los. Und dann haben sie meine Frau geholt und ihr den Floh ins Ohr gesetzt, ich würde vielleicht noch eine andere aushalten. Kurzum, ich saß in der Klemme. Als Bestohlener, wohlgemerkt. Und jetzt stellen Sie sich vor, die würden das von dem Strychnin in der Suppe erfahren ... Aber Don Gaetano kennt mich ja – er wird bestimmt nichts davon sagen. Und falls es ihnen jemand zuflüstern sollte, dann wird er mich sicher verteidigen.«

»Bestimmt«, sagte ich und bereute meinen Spaß.

Don Gaetano kam zurück, blieb auf der Schwelle stehen, klatschte in die Hände und befahl mit lauter Stimme: »Alles hierher.«

Langsam kamen sie näher. »Die Polizei kommt gleich«, sagte Don Gaetano. »Ich habe Anweisung bekommen, die Leiche nicht anzufassen und so weit wie möglich von ihr entfernt zu bleiben. Und selbstverständlich darf niemand das Hotel verlassen oder zu Bett gehen – die Polizei würde ihn sowieso wieder herausholen ... Also, setzen Sie sich hier draußen hin und versuchen Sie sich an das zu erinnern, was Sie im Augenblick des Schusses oder kurz davor gesehen oder gehört haben. Je klarer und je kürzer Ihre Antworten sind, desto schneller bringen wir es hinter uns.« Wieder klatschte er in die Hände, diesmal in Richtung Empfangshalle gewandt, wo die Kellner in einer Ecke beisammen standen. »Bringt ein Laken, um den Toten damit zu bedecken, und dreht alle Lichter an.«

Das Licht kam in drei aufeinanderfolgenden Flutwellen mit schmerzhaft blendendem Crescendo. Der Tote am Rand des Platzes schien jetzt, von meiner Perspektive aus gesehen, noch toter als zuvor. Aber im Nu waren zwei Kellner zur Stelle und breiteten das Laken über ihn. Die Nacht bevölkerte sich mit Mückenschwärmen und Mauergeckos, die zielstrebig auf die Lampen zukrochen. Mir war, als kämen plötzlich alle Scheußlichkeiten ans Licht, die bisher unsichtbar geblieben waren. Und auch die Stille hatte etwas, wobei man an schleichende Füße dachte, die eine Mauer entlang kriechen. (Schon immer hat es mich vor Mauergeckos geekelt. Und alle, die diese widerlichen Echsen verteidigen, weil sie sich von Schädlingen ernähren und somit Bestandteil des natürlichen Gleichgewichts sind, sollten zugeben, daß, wenn nicht schon die Mauergeckos selbst, dann doch wenigstens diese Schädlinge überflüssig sind, und daß alles seine bessere Ordnung hätte, wenn es weder Schädlinge noch die schädlingsfressenden Mauergeckos gäbe.)

Nach einer Weile hörte man die Stimme des Ministers sagen:

»Don Gaetano, haben Sie der Polizei eigentlich gesagt, daß wir hier sind?« Seine Stimme zitterte ein wenig, und das paßte schlecht zur Arroganz seiner Worte.

»Wer wir?« fragte Don Gaetano frostig.

»Nun, wir alle ... Ich, meine Freunde ..« Der Minister war in Verlegenheit geraten.

»Ja, daß Sie hier sind, das habe ich gesagt«, meinte Don Gaetano, und es klang, als hätte er damit gestehen müssen, welch schlechten Umgang er hatte. Die Antwort machte mir Spaß. Und dem Koch anscheinend auch, denn er stieß mich mit dem Ellenbogen an. Der Minister sackte zusammen. Im Zuschauerraum – die Art, wie alle in Reih und Glied ausgerichtet da saßen, dem Toten zugewandt, erinnerte tatsächlich an das Parkett eines Theaters – im Zuschauerraum herrschte wieder Stille. Dann sagte Don Gaetano: »Ich will gar nicht erst daran denken, daß es einer von Ihnen gewesen sein könnte ...« Aber unversehens dachten alle, daß es einer von ihnen gewesen sei. Ausgenommen natürlich der Mörder. Sie musterten sich verstohlen, als fürchteten sie, im Nebenmann den Täter zu erkennen. »Ich nehme an«, fuhr Don Gaetano fort, »daß der Schuß aus dem Wald gekommen ist – vielleicht sogar ein tragisches Versehen.«

»Das ist vielleicht ein Schleimscheißer ...« flüsterte mir der Koch zu, während sich im Zuschauerraum ein Chor der Zustimmung erhob.

Er war noch nicht verstummt, da traf die Polizei ein.

»Sehr gut«, meinte der Kommissar, nachdem er mit einem Blick festgestellt hatte, daß seine Anweisungen befolgt worden waren und wir uns alle vor dem Hotel versammelt hatten, in gebührender Entfernung von dem Toten. Dann ging er auf Don Gaetano zu und reichte ihm die Hand.

»Mein lieber Kommissar«, begrüßte ihn Don Gaetano.

»Ein schönes Malheur«, gab der Kommissar zurück und steuerte, begleitet von Don Gaetano, auf den Toten zu. Instinktiv erhob ich mich und folgte ihnen, und der Koch tat dasselbe.

Der Kommissar hob einen Zipfel des Lakens, betrachtete den Toten, seufzte und ließ das Tuch wieder fallen.

»Wer ist es?« fragte er Don Gaetano.

»Der Präsident der *Furas*, Michelozzi ... Bei den letzten Wahlen wurde er in den Senat gewählt. Aber er hat sein Mandat niedergelegt, um die Leitung der *Furas* zu übernehmen. Eine überragende Persönlichkeit: gebildet, gewissenhaft, ehrlich ...«

»Wie könnte man auch daran zweifeln!« meinte der Kommissar, aber in seiner Stimme schwang Ironie mit, wie um zu sagen: Selbst wenn ich es wollte, dürfte ich es nicht.

»Eben«, nahm Don Gaetano diesen Tonfall auf, und es war, als signalisierte er dem Kommissar damit: Da ist nichts zu machen, mein Lieber, da kannst du nur kuschen.

»Das Hotelpersonal?« fragte der Kommissar.

Der Koch rammte mir seinen Ellbogen zwischen die Rippen.

»In Ordnung«, antwortete Don Gaetano. »Nichts zu sagen, keiner zu beanstanden.«

»Und die Leute aus der Umgebung hier? ... Ich meine, ein Bauer vielleicht, der etwas gegen Sie oder das Hotel hat ... was weiß ich ...«

»Kein Mensch hat etwas gegen mich«, erwiderte Don Gaetano gekränkt, »und außerdem haben die Bauern – die wenigen, die es hier noch gibt – nur Vorteile vom

Hotel: Die Eier, die sie in der Stadt kaufen, verkaufen sie hier als Landeier aus dem eigenen Hühnerstall, und das gleiche machen sie auch mit Käse, Gemüse ... Und die Leute fallen darauf herein und gehen dann mit der Einbildung nach Hause, unverfälschte und gesunde Erzeugnisse vom Bauernhof mitzubringen.«

»Aber vielleicht trotzdem, irgendein Fanatiker ...«

»Sie spielen auf die Vorfälle an, die sich damals, als ich das Hotel überbauen ließ, ereignet haben ... Aber nein, das gehört der Vergangenheit an. Der große Profit verscheucht die großen Prinzipien und der kleine Profit den kleinen Fanatismus.«

»Aber irgendeinen Grund muß es doch geben ... und einmal abgesehen vom Grund, irgend jemand muß doch geschossen haben. Denn geschossen hat man, oder nicht?« Er wandte sich an mich und den Koch, als warte er auf eine Bestätigung.

»Es scheint so«, gab ihm Don Gaetano Antwort.

»Und wer?«

»Ich glaube, mein lieber Kommissar, das zu ermitteln ist wohl Aufgabe der Polizei.«

»Allerdings«, sagte der Kommissar und seufzte resigniert, »ist dies die Aufgabe der Polizei, natürlich ist es das ... Nur, die Polizei war nicht dabei, als geschossen wurde ..«

»Und wir waren dabei, wollen Sie damit sagen ... Aber glauben Sie mir, wir sind in derselben Lage wie die Polizei – wenigstens jene von uns, die hier gemeinsam den Rosenkranz gebetet haben.«

Wieder spürte ich den Ellbogen des Kochs. »Bis auf den Mörder«, sagte ich.

Don Gaetano blickte in meine Richtung, und wie üblich tat er, als nähme er mich gar nicht wahr. Als er sprach, klang seine Stimme so befremdet, als hätte ihn meine Bemerkung zutiefst bekümmert. »Glauben Sie denn wirklich, es sei einer aus unserer Mitte gewesen, einer, der mit mir zusammen den Rosenkranz gebetet hat?« – wobei die Betonung deutlich auf dem »mit mir« lag.

»So leid es mir tut, aber ich glaube ja.«

»Und warum?«

»Warum? Einmal, weil ich mich mit Pistolen und Gewehren bestens auskenne und ein besonderes Gehör dafür habe. Der Schuß klang gedämpft, so als wäre die Waffe in unmittelbarer Nähe des Ziels abgedrückt worden, den Lauf direkt an den Körper des Ermordeten angelegt. Ich möchte wetten, daß er von hinten erschossen wurde und daß sein Jackett an der Einschußstelle Sengspuren aufweist ...«

»Um das zu überprüfen, müssen wir erst das Eintreffen des Staatsanwaltes und des Gerichtsarztes abwarten«, sagte der Kommissar.

»Und weiter?« fragte Don Gaetano mit der gelangweilten Nachsicht eines Prüfers, der bereits entschieden hat, den angetretenen Kandidaten durchfallen zu lassen.

»Weiter glaube ich – aber dies ist vielleicht nur eine logische Schlußfolgerung meinerseits –, daß der Mörder, hätte er aus der Entfernung, vom Waldrand her geschossen, nicht nur einen Schuß abgegeben hätte. Er hätte dann mindestens zwei- oder dreimal geschossen, und sei es aus Freude, in die Menge zu knallen.«

»Und wenn einem, der am Waldrand auf Hasen oder Kaninchen lauerte, aus Versehen ein Schuß losgegangen wäre?«

»So jagt man nur in mondhellen Nächten«, erklärte ich, »zur Zeit haben wir jedoch Neumond. Außerdem verwendet man dazu das Gewehr. Wir haben jedoch einen Pistolenschuß gehört.«

»Den haben Sie vielleicht gehört, den Pistolenschuß. Ich habe nur einen Knall gehört. Er hätte von einer Pistole stammen können, von einem Gewehr, oder von einem Champagnerkorken«, präzisierte Don Gaetano.

»Mit einem Champagnerkorken ist er bestimmt nicht erschossen worden«, sagte der Koch.

Es überraschte mich, daß Don Gaetano auf die Ironie des Kochs nicht reagierte. Er sagte nur: »Ja, gewiß ...« und verschwand.

Der Staatsanwalt traf ein und gleich darauf der Arzt. Ich hatte den Eindruck, den Staatsanwalt bereits einmal getroffen zu haben, konnte mich aber nicht entsinnen, wann und wo. Es war, wie wenn man einem Dicken begegnet, den man als schlank in Erinnerung hat. Der Staatsanwalt war jedoch weder fett noch mager. Als – nach erfolgter Rekognition der Leiche, wie es in der Fachsprache so schön heißt – sein Auge auf mich fiel, merkte ich an seinem starren Blick und der Bewegung, mit der er sein Kinn massierte, daß sich in seinem Gehirn dasselbe wie in meinem abspielte. Dann erwähnte der Koch meinen Namen, und der Staatsanwalt strahlte mich an wie einer, der als erster ein Problem gelöst hat, mit dem sich der andere noch immer erfolglos herumquält. Er kam auf mich zu und begrüßte mich: »Erinnerst du dich nicht? Quarta B, 1941 ... Oder war es 42?«

»41 ... Ja, jetzt erinnere ich mich: Schembri.«

»Scalambri«, berichtigte er.

»Ja, natürlich, Scalambri ...«

»Mehr als dreißig Jahre ist das her ... Ich glaube, anderswo hätte ich dich gleich erkannt. Aber hier?«

»Du wunderst dich wohl, mich ausgerechnet hier zu treffen? Um die Wahrheit zu sagen, ich wundere mich auch.«

Freundschaftlich hakte er sich bei mir ein. »Na, dann erzähl mal schön ...«

Ich begann mich unbehaglich zu fühlen. Ich habe es stets vermieden, mich mit Schulkameraden oder mit Frauen, die ich in meiner Jugend geliebt habe, zu treffen. Damit meine ich das Zusammentreffen nach vielen Jahren, in denen man sich nicht gesehen hat. Und jetzt kam zu diesem Unbehagen über ein solches Zusammentreffen nach mehr als dreißig Jahren noch das Unbehagen über den Ort hinzu, an dem ich mich aufhielt, über die amtliche Funktion, die mein Schulkollege hier erfüllte, über die Vertraulichkeit, mit der er mich behandelte. Wenn man einige Monate lang in derselben Klasse verbracht hat, so bedeutet dies schließlich noch lange nicht, daß man sich mag oder sich einander geistig verwandt fühlt. Während meiner ganzen Schulzeit waren nur zwei Kameraden für mich wichtig gewesen. Den einen habe ich auch danach immer wieder gesehen, den anderen habe ich seither nie mehr getroffen. Alle drei hatten wir in der Schule ziemlich schlechte Noten, aber wir lasen viel, wir gingen jeden Abend ins Kino, und wir vertrauten uns gegenseitig all unsere großen und kleinen Liebesgeheimnisse an ... Scalambri hingegen hatte, soweit ich mich erinnern konnte, zu den Strebern gezählt, zu jenem Typ Streber, der es wohlweislich nicht zuläßt, daß man seine Übersetzung aus dem Griechischen oder vom Italienischen ins Lateinische abschreibt (und das war die Hausaufgabe, die wir am meisten haßten und als absurde Schikane empfanden).

Ich wollte ihm also nichts über mich erzählen. Aber ich wollte mich mit ihm über das Verbrechen unterhalten. Doch kaum hatte ich das Thema berührt, da lenkte er gelangweilt ab. Vielleicht hatte er es sich in seinem Beruf zur Gewohnheit gemacht, nicht über eine laufende Untersuchung zu sprechen; vielleicht aber wurde sein Interesse an diesem Fall vom Umstand beeinträchtigt, daß es ihm lästig war, zu so später Stunde an diesen Ort gerufen worden zu sein und als mögliche Tatzeugen Priester und hohe Politiker vorzufinden, was ihn zwang, bei seinen Ermittlungen mit ungewohnter Vorsicht und peinlicher Rücksichtnahme vorzugehen. (Und daß er es sonst weniger genau nahm, daran zweifelte ich je weniger, je besser ich mich daran erinnerte, wie er in der Schule gewesen war.)

Unterbrochen wurde unser Gespräch durch den Minister. Er kam auf uns zu. Scalambri erkannte ihn. Er ließ meinen Arm los, und von diesem Augenblick an hatte er mich vergessen.

Der Minister gab sich übertrieben ehrerbietig. Und mein alter Schulkollege stand ihm darin nicht nach.

»Herr Staatsanwalt«, sagte der Minister, nachdem sie ein paar geschraubte Höflichkeitsfloskeln gewechselt hatten, »Sie werden wohl jeden von uns anhören wollen, um Eindrücke zu sammeln – mehr als bloße Eindrücke, glaube ich, können Ihnen kaum vermittelt werden –, aber wie Sie ja selbst sehen, sind wir hier in großer Anzahl ...

Könnte man dies also nicht – ich gestatte mir die Frage – auf morgen früh vertagen, und zwar zu einer Stunde, deren Festlegung natürlich Ihnen obliegt ...?«

»Aber gewiß, gewiß ...« stimmte Scalambri überstürzt zu.

»Ich danke Ihnen«, sagte der Minister. Einen Moment lang forschte er geistesabwesend in Scalambris Gesicht, so als wäre es eine Landkarte, auf der er mühselig einen vertrauten Namen, einen bekannten Ort suchte. Dann seufzte er und fügte hinzu: »Ein wahrer Unglücksfall!«

»Ich weiß so gut wie nichts darüber«, sagte Scalambri vorsichtig, »abgesehen, versteht sich, von den wenigen Dingen, die mir der Kommissar mitgeteilt hat: die Identität des Toten, den Schuß aus einer Feuerwaffe ...«

»Er war ein Mann, der sich durch eine Korrektheit, eine moralische Rechtschaffenheit, eine Klugheit auszeichnete ...«

»die beispielhaft waren«, vervollständigte Scalambri.

»Wahrhaft beispielhaft«, sagte der Minister, so als wäre ohne dieses ›wahrhaft‹ die Beispielhaftigkeit in Gefahr, unglaubwürdig zu wirken.

»Eben darum«, bemerkte Scalambri, »könnte sich diese Geschichte noch zu einem wahren Unglücksfall entwikkeln, wie Sie so treffend sagen ... Wie soll man da ein Motiv – ich sage nicht finden – aber sich wenigstens vorstellen?«

»Ja, Sie haben völlig recht: Man kann sich kein Motiv vorstellen, geschweige denn eines finden ... Und wenn Sie mir die Bemerkung gestatten: Es gibt kein Motiv.«

»Für jedes Verbrechen gibt es ein Motiv, Herr Minister, für jedes. Es mag geringfügig sein, verrückt, für einen normalen Menschen kaum wahrnehmbar – aber ein Motiv ist stets vorhanden.«

»Richtig«, gab der Minister zu, »richtig: geringfügig oder verrückt ... Er kann nur das Opfer eines Verrückten geworden sein, der arme gute Michelozzi.« Und der Name kam wie ein Schluchzer aus seiner Kehle.

»Ein unersetzlicher Verlust«, sagte Scalambri, aber bloß, um dem Minister seine Anteilnahme zu bezeugen.

»Unersetzlich«, echote der Minister. Und in meinem Gedächtnis entstand ein weiteres Echo, die weit zurückführende Erinnerung an Collodis großartige Geschichte vom hölzernen Bengele Pinocchio, in welcher der Kater ständig das letzte Wort des Fuchses wiederholt. »Bedenken Sie nur«, fuhr der Minister fort, »er hat sein Mandat niedergelegt, nur um die Leitung der *Furas* zu übernehmen.«

»Ein entsagungsvoller Schritt«, meinte Scalambri.

Von Anfang an hatte mich diese Unterhaltung an ein Stück von Ionesco erinnert. Aber was zuviel ist, ist zuviel: Nachdem die beiden regelrecht ineinander aufgingen, so daß man zwangsläufig an ein Paar denken mußte, das sich auf einer Bank vor Saint-Germain-des-Prés selbstvergessen umschlungen hält, während ringsum der Stoßverkehr braust, entfernte ich mich unauffällig.

Vor dem Hotel begegnete ich dem Koch. Er war noch immer verängstigt. Ich machte ihm Mut und wünschte ihm eine gute Nacht. Dann zog ich mich auf mein Zimmer zurück. Doch noch bis drei Uhr morgens hörte ich das gedämpfte Stimmengewirr der Polizisten, ab und zu von einem ungeduldigen Tonfall übertönt.

Um neun wachte ich auf. Zuerst glaubte ich, alles nur geträumt zu haben, was am Abend zuvor geschehen war. Doch dann öffnete ich das Fenster und wußte, daß es wahr war: Auf dem Platz standen Polizisten und graugrüne Streifenwagen, und an der Stelle, an der Michelozzi zusammengebrochen war, befand sich eine mit Kreide gezogene Umrißzeichnung und in ihr, in Höhe und Form der Lungen, ein schmutzig braunroter Fleck.

Von den Gästen des Hotels war nicht ein einziger zu sehen. Waren sie noch auf ihren Zimmern wie ich, oder widmeten sie sich der Fortsetzung ihrer Exerzitien?

Als ich das Zimmer verließ und durch die Grabesstille der Korridore schritt, mußte ich an ein Kloster denken; als ich dann aber dem Fahrstuhl und dem Treppenschacht näherkam, hörte ich von unten undeutliches Stimmengewirr.

Wie in einem Lagerraum verstaut, waren sie alle in der Halle versammelt, und zwar in Grüppchen aufgegliedert, die zusammenhingen, sich berührten, ineinandergriffen, so daß sie an ein verschnörkeltes Schleifengebilde erinnerten – etwa an eine Graphik von Steinberg. Ich ging an diesen Schnörkeln entlang und erfuhr, daß der Staatsanwalt im Arbeitszimmer von Don Gaetano bereits mit der Vernehmung begonnen hatte. Als erstes hatte er alle aufgefordert, sich zu melden, die sich in derselben Reihe mit Michelozzi befanden, als dieser nach dem Schuß zusammenbrach: Aber keiner hatte sich gemeldet. Daraufhin hatte der Staatsanwalt mit maßvollen Worten seine Mißbilligung zum Ausdruck gebracht. Und alle hatten ihm rechtgegeben: Wie sei es bloß möglich, daß sich einer nicht daran erinnern könne, ob er sich an der Seite des armen Michelozzi befunden hatte oder nicht? Diese Frage hatten sich allerdings auch jene gestellt, die effektiv an seiner Seite gewesen sein mußten und sich nun tatsächlich nicht mehr erinnern konnten oder einfach nicht wollten – abgesehen natürlich von dem einen, der geschossen und nun allen Grund hatte, dies zu verheimlichen. Schließlich hatte der Staatsanwalt damit begonnen, die Vernehmung in alphabetischer Reihenfolge abzuwickeln. Und so standen nun alle da und warteten darauf, gerufen zu werden; unter ihnen selbst die, deren Name mit einem Z begann und die bestenfalls damit rechnen konnten, am späten Abend dranzukommen.

Scalambri war zwar seinerzeit unter den Klassenbesten gewesen, er mochte auch noch unter den Besten gewesen sein, die sich um den Posten bei der Staatsanwaltschaft bewarben, aber bestimmt war er als Ermittlungsbeamter keine Koryphäe. Er hätte bei mir und dem Koch anfangen müssen, da wir das Geschehen ja gewissermaßen von außerhalb beobachtet hatten; dann hätte er das Quadrat rekonstruieren müssen, indem er jeden einzelnen zwang, sich zu erinnern. So aber hatte er eine gewisse Panik geschaffen, und jeder versuchte sich zu drücken. Ich näherte mich der Tür zum Arbeitszimmer von Don Gaetano. Der Polizist, der davor Wache stand, wollte offensichtlich vorbeugen und sagte: »Tut mir leid, aber Sie müssen warten, bis Sie vom Herrn Staatsanwalt gerufen werden.« Ich hatte nicht im geringsten vorgehabt, durch diese Tür zu gehen, aber der Polizist, der sich mir entgegengestellt hatte, ließ diesen Wunsch in mir aufkommen. Ich zog das Notizbuch aus der Tasche und skizzierte – auf Steinbergsche Art – das Quadrat der Rosenkranzbeter; darunter schrieb ich: »Das Quadrat muß rekonstruiert werden« – dann übergab ich diese Botschaft dem Polizisten.

»Sobald er mich ruft, werde ich sie ihm geben«, versprach er mir.

Nach ein paar Minuten wurde er gerufen. Zu dritt kamen sie aus Don Gaetanos Arbeitszimmer: Scalambri, der Polizist und der Mann, der eben vernommen worden war. Der Zeuge tauchte schleunigst zwischen seinen Freunden unter, so als müßte er sich auf der Flucht vor Scalambri tarnen und unauffindbar machen. Der Polizist zeigte auf mich, aber Scalambri kam bereits auf mich zu, wedelte mit dem Zettel und rief: »Den mußt du mir signieren!«

Die Gespräche verstummten, und alle wandten sich Scalambri zu. Sie nahmen wohl an, ich hätte ihm einen Scheck gegeben, und waren überrascht, daß er statt dessen eine kleine Zeichnung in der Hand hielt. Auch ich war erstaunt, allerdings auf andere Art. Denn obwohl ich es gewöhnt, besser gesagt überdrüssig bin, von Kellnern um eine Unterschrift unter jede Krakelei gebeten zu werden, die ich – meist, während ich auf etwas warte und speziell, während ich auf eine Frau warte – gedankenlos auf Papierservietten oder Zeitungsränder kritzele, erschien mir Scalambris Wunsch absurd, ja verrückt. Ich war drauf und dran, ihm die gleiche Antwort zu geben, wie sie Picasso einem Mädchen gegeben hatte, das eine eben geschenkte Zeichnung auch unterschrieben haben wollte: »O nein, meine Liebe, diese Zeichnung ist belanglos, aber meine Unterschrift ist eine Million Francs wert«.

Ich hielt mich jedoch zurück und sagte statt dessen: »Aber nicht doch, das taugt doch nichts, nebenbei ist es nicht wirklich von mir: Eher könnte es von Steinberg oder von Flora stammen. Ich werde dir was Echteres machen.«

»Ehrlich, versprochen?«

»Versprochen.«

»Heute noch?«

»Heute.«

Er war befriedigt, steckte sich aber für alle Fälle den Zettel doch in die Tasche. Dann fragte er mich: »Willst du damit sagen, daß sich die Leute so aufstellen sollten, wie sie gestern beim Rosenkranzbeten standen?«

»Genau.«

»Du hast recht: Verhört man sie einzeln, kommt doch nichts dabei heraus. Bis jetzt habe ich sechs oder sieben befragt. Sie erinnern sich nicht einmal an den eigenen Namen.« Er wies den Polizisten an, den Kommissar zu rufen. Dann klatschte er in die Hände, um die Aufmerksamkeit der Gäste auf sich zu lenken. Als alles ihm zugewandt stand, sagte er: »Meine Herren, ich bin zum Schluß gekommen, daß es vollkommen zwecklos ist, Sie alle einzeln anzuhören. Ich werde demnach versuchen, das Gedächtnis einiger Herren aufzufrischen; dies mit der Hoffnung, daß andere dadurch veranlaßt werden, sich ebenfalls zu entsinnen ... Ich bitte Sie also, auf den Platz hinauszugehen und sich so aufzustellen wie gestern abend, als mit dem heiligen Rosenkranz begonnen wurde«, wobei er das Wort »heiligen« derart zweideutig betonte, daß es für alle anderen eindeutig wie ein Ich-bin-einer-von-Euch-Bekenntnis klang, für mich aber ebenso eindeutig wie eine Verhöhnung des Rosenkranzes und all derjenigen, die ihn beteten.

Es entstand sofort eine gewisse Aufregung. Einige protestierten, aber Scalambri ignorierte sie einfach. Der Kommissar, der inzwischen dazugekommen war, sorgte zusammen mit seiner Mannschaft dafür, daß der Befehl ausgeführt wurde: Wie Schäferhunde, die eine Herde in den Pferch treiben, drängten die Polizisten die Menge auf den Platz hinaus.

Endlich waren alle draußen. Und dann standen sie um Don Gaetano herum, der von irgendwoher aufgetaucht war. Diesmal dauerte es etwas länger, bis sich der Kreis in ein Quadrat verwandelt hatte, als am Abend zuvor. »Ich darf wohl von der Annahme ausgehen«, flüsterte mir Scalambri zu, »daß du nicht in diese Truppe eingegliedert warst. Du bist also der einzige, der mir helfen kann.«

»Nicht der einzige. Da ist auch noch der Koch, der neben mir saß.«

»Bringt mir den Koch«, schrie Scalambri.

Man brachte ihm den Koch, der vor lauter Angst so verstört war, daß ich es bereute, ihn mit hineingezogen zu haben.

Scalambri stand auf der erhöhten Eingangsschwelle wie ein Kapellmeister auf seinem Dirigentenpult. Er wandte sich an mich und den Koch: »Ihr zwei geht auf die Plätze, wo ihr gestern abend gesessen habt ... Don Gaetano« – die Stimme war jetzt sanfter – »versuchen bitte Sie, mir zu helfen: Wer war mit Ihnen in der ersten Reihe, als es losging?«

»Seine Exzellenz der Minister ganz bestimmt, und ganz sicher auch der arme Michelozzi.«

»Aha, Michelozzi stand also in der ersten Reihe – zumindest das wissen wir endlich ... Und nun versuchen Sie sich bitte daran zu erinnern, wer noch in der ersten Reihe stand ... Wie viele waren überhaupt in der ersten Reihe?« fragte er mich und den Koch.

»Sieben, acht«, antwortete ich.

»Sieben, acht«, bekräftigte der Koch.

»Sieben, acht«, wiederholte Scalambri, und flehend: »Don Gaetano, Exzellenz – so erinnern Sie sich doch bitte!«

»Ja, dann wollen wir einmal sehen«, fügte sich der Minister. »Also, ich stand rechts von Don Gaetano, und rechts von mir stand ... Wer stand rechts von mir?«

»Ich«, schrie einer und hob die Hand.

»Sehr gut«, freute sich Scalambri. »Kommissar, schreiben Sie: Professor Del Popolo rechts von Seiner Exzellenz ... Und rechts von Ihnen, Herr Professor?«

»Rechts von mir ... Mein Gott, wer stand eigentlich rechts von mir?«

»Ich.«

»Schreiben Sie: Abgeordneter Doktor Frangipane rechts von Professor Del Popolo ... Und zu Ihrer Rechten, Herr Abgeordneter?«

»Rechts von mir stand Ingenieur Lodovisi«, erwiderte Frangipane bestimmt.

»Richtig«, sagte der Ingenieur und trat mit erhobener Hand vor.

»Und rechts von Ihnen, Ingenieur Lodovisi?«

»Rechts von mir – niemand«, kam es erleichtert zurück.

»Und links von Don Gaetano«, seufzte Scalambri, und in diesem Seufzer lagen Selbstmitleid und Trauer um den Verstorbenen, den zu nennen er im Begriff war, stand also der arme Michelozzi. Wer stand aber links von Michelozzi?«

Für einen Augenblick herrschte Schweigen. Schließlich hob sich zögernd eine Hand, und eine Stimme sagte: »Vielleicht ... ich weiß nicht recht ... aber mir scheint ...«

»Rechtsanwalt Voltrano«, stellte Scalambri fest.

»Ja schon, aber ...« meinte der Advokat.

»Standen Sie da oder standen Sie nicht da?«

»Ja, ich stand da, aber ...«

»Aber?« wiederholte Scalambri mit schneidender Stimme.

»Nichts, nur so: ein Eindruck.«

»Was für ein Eindruck?«

»Der Eindruck ... ja genau, der Eindruck, er wäre nicht die ganze Zeit neben mir gewesen.«

»Was soll das heißen?« schrie Scalambri wütend.

Rechtsanwalt Voltrano antwortete mit dem Mut des Unschuldigen: »Das soll heißen, daß ich den Eindruck habe, er wäre nicht dauernd neben mir gewesen.«

»Aha«, machte Scalambri argwöhnisch, ironisch.

»Vollkommen logisch«, platzte ich heraus, ohne es zu wollen.

Scalambri warf mir einen vernichtenden Blick zu. Wären nicht die gemeinsame Schulzeit und die versprochene Zeichnung gewesen, er hätte mich ganz sicher auf mein Zimmer geschickt. So aber fand er seine Ruhe wieder und beschränkte sich auf die Frage: »Was ist vollkommen logisch?«

Ich stand auf, näherte mich ihm und nahm ihn beiseite. »Vollkommen logisch deshalb, weil es hier – wie immer – nur zwei Möglichkeiten gibt: Entweder war es Voltrano selber, der Michelozzi umgelegt hat. In diesem Fall greift er der Möglichkeit vor, früher oder später als Michelozzis Nebenmann entlarvt zu werden, und erweckt den Eindruck, daß zwischen Michelozzi und ihm sich noch jemand befunden haben könnte. Oder aber der Rechtsanwalt ist unschuldig und sagt demnach die Wahrheit. Jemandem ist es gelungen, sich vorsichtig und unauffällig aus der eigenen Reihe zu lösen, bis er, genau als sie die finsterste Stelle des Platzes erreichten, neben Michelozzi stand ... Finde doch einen, aus einer anderen Reihe, der wie der Rechtsanwalt daran zweifelt, ununterbrochen dieselbe Person neben sich gehabt zu haben, und schon hast du den Mörder in der Hand.«

Das klang so logisch, daß sich unser Klassenbester darüber ärgerte. »Sag mal«, fragte er mich mit verächtlich nachsichtigem Grinsen, »liest du nur Kriminalromane oder schreibst du sogar welche?«

»Ich schreibe Kriminalromane und veröffentliche sie unter einem Pseudonym«, erwiderte ich so ernst, daß er unsicher wurde.

»Na ja, auf jeden Fall ist dies hier kein Roman«, sagte er und kehrte zur Herde zurück. Aber von diesem Augenblick an bewegte er sich auf der Linie, die ich ihm gezeigt hatte.

Der ganze Vormittag verging über dem Versuch festzustellen, wer wem zur Rechten und wer wem zur Linken gestanden hatte, und ob sich jeder sicher sei, zu seiner Linken und zu seiner Rechten ständig ein und dieselbe Person gehabt zu haben. Bis auf vier – zusammen mit Rechtsanwalt Voltrano waren es fünf – versicherten alle, daß weder rechts noch links von ihnen irgendeine Veränderung stattgefunden habe. Allerdings, beschwören hätte es keiner können. Der Wechsel von der beleuchteten in die dunkle Zone, die intensive (sagten sie) Teilnahme am Gebet und die Tatsache, daß niemand ahnen konnte, daß ausgerechnet an einem von ihnen ein Verbrechen verübt werden sollte, und da in dem Augenblick, da sie einmütig ihre inbrünstigen Gebete, die das Zeichen christlicher Frömmigkeit sind (der Minister zitierte hier die Enzyklika *Supremi Apostolatus von Leo XIII.*), an Gott richteten. Aus diesen Gründen hatte ihr Gedächtnis nichts oder wenig von dem registriert, was jetzt für die behördlichen Ermittlungen wichtig gewesen wäre. Und was die fünf anging, die daran zweifelten, daß die Personen, die zu Beginn des Rosenkranzmarsches zu ihrer Rechten oder Linken gestanden hatten, die ganze Zeit über neben ihnen gewesen waren, so konnten auch sie nur flüchtige Eindrücke wiedergeben, sonst nichts. Und sie konnten oder wollten sich nicht dazu äußern, wen sie an einem gewissen Punkt des Rosenkranzes an der Stelle des anderen, an dessen Seite sie losmarschiert waren, gewähnt hatten.

Scalambri war rasend vor Wut. Zwar war es ihm nach vier Stunden gelungen, das Quadrat (das sich dann nicht als Quadrat, sondern als gleichschenkliges Trapez herausstellte) zu rekonstruieren; auch hatte er fünf Personen ausfindig gemacht, die den verschwommenen Eindruck hatten, nicht dauernd neben demselben Gebetspartner gestanden zu haben. Aber seine Ermittlungen befanden sich nach wie vor an ihrem Ausgangspunkt. Nirgends zeichnete sich die Möglichkeit ab, auf irgendeinen Verdächtigen zu stoßen, gegen den ein paar Indizien sprachen und den man seinetwegen im Untersuchungsverfahren ruhig hätte freisprechen können. In seinem Zorn ließ er sich soweit gehen, daß er vor dem Minister und vor Don Gaetano ein paar anzügliche Bemerkungen über die Kirche und all diese frommen Ehrenmänner fallen ließ, die sich an nichts erinnern konnten.

Der Minister hielt sich nur mit Mühe zurück. Don Gaetano hingegen blieb die Ruhe selbst. Er sagte kein Wort. Erst beim Essen – nach Tischgebet und Segen, und von Scalambri dazu angeregt (Scalambri saß links von ihm, ich rechts) – taute er etwas auf. Aber mit meisterhafter Gewandtheit wich er jedem Versuch aus, die Rede auf das Verbrechen zu bringen, obwohl Scalambri sich alle Mühe gab, dieses Thema anzusteuern. Meines Erachtens wußte er Bescheid – zumindest ahnte er etwas. Auch Scalambri spürte das. Als die Tafel aufgehoben wurde, flüsterte er mir ins Ohr: »Wenn der Pfaffe bloß reden würde ...« Es klang wie das tobsüchtige Röcheln eines Bluthundes, dem es nicht gelingt, seine Beute zwischen die Zähne zu kriegen.

Der Kommissar gesellte sich zu uns. »Was soll nun geschehen, Herr Staatsanwalt?« fragte er.

»Was soll schon geschehen ...« sagte Scalambri. »Wir bleiben hier, als Gäste in Don Gaetanos Hotel. Ob etwas dabei herauskommt oder nicht: Wir können nichts anderes tun als hierzubleiben, zu beobachten und herumzuspionieren.«

»Kann ich sprechen?« fragte der Kommissar und blickte verstohlen zu mir hinüber.

»Sprechen Sie.«

»Ich würde sie alle verhaften, Don Gaetano inbegriffen.«

»Wem sagen Sie das, lieber Kommissar, wem sagen Sie das ...« meinte Scalambri verträumt.

»Schließlich«, ereiferte sich der Kommissar, »sind sie alle in derselben Situation wie der Angeklagte, der nach seiner Verurteilung verbittert feststellte, daß man ihn wegen vieler Missetaten, die er begangen habe, nie erwischt hätte, ihn aber nun einer Sache wegen verurteile, an der er unschuldig sei. Meinen Sie nicht auch?«

»Und ob ich das meine, mein lieber Kommissar, und ob ..«

Sein Blick wurde trüb – und in einem lichten Moment sich dieses Zustandes bewußt werdend – nuschelte Scalambri klebrig: »O je, der Wein da macht wohl Witze ... Ins Bett, jawohl, ich gehe ins Bett.« Auf wackeligen Beinen verließ er den Saal und ließ mich mit dem Kommissar zurück.

»Und der auch noch«, knurrte der Kommissar, während er Scalambris Abgang verfolgte. Sollte der auch noch verhaftet werden oder komplizierte der die Dinge, indem er, statt die Geistesgegenwart zu zeigen, die hier erforderlich war, zuviel trank? Doch dann schien sich der Kommissar der Vertrautheit zu erinnern, die er zwischen Scalambri und mir bemerkt hatte, und von Besorgnis erfaßt, schwächte er seine Bemerkung hastig ab: »Er also auch, meine ich, nicht nur ich spüre langsam den Wein ... Na ja, wie es so schön heißt: Wo es einen Pfaffen gibt, gibt es auch einen guten Wein.«

»Don Gaetano versteht sich darauf«, sagte ich, um ihn weiter aufs Eis zu locken. »Ein wahres Universalgenie.«

»Nicht nur, wenn es um Wein geht – bei allem.«

»Auch bei Verbrechen?«

»Bei Verbrechen im allgemeinen, weiß ich nicht. Sicherlich hat er im Beichtstuhl schon in so manch offene Kloake gesehen ... Aber wissen Sie, ich wette meine Ei .., also: Ich würde jede Wette darauf eingehen, daß er von diesem Verbrechen etwas weiß oder irgendeinen Verdacht hat.«

»Davon bin ich auch überzeugt.«

Die Stimme des Kommissars wurde dienstlich: »Kennen Sie ihn näher?«

»Ich glaube nicht, daß es irgend jemand gibt, der ihn näher kennt.«

»Das ist auch wieder wahr«, gab er schwermütig zu. »Don Gaetano ist ein in jeder Hinsicht außergewöhnlicher Mensch.«

»Ganz außergewöhnlich.«

»Ungeheuer.«

»Ungeheuer.«

»Äußerst intelligent.«

»Äußerst intelligent, ja, und außergewöhnlich und ungeheuer ... Aber eins ist sicher: Hätte ich ihn vierundzwanzig Stunden lang zwischen den Fingern, und könnte ich ihn so verhören, wie ich es wollte, dann würde er seine Seele ausspeien, sofern er eine hat ... Und denken Sie dabei um Gottes willen nicht an Mißhandlungen oder

Folterung ... Ich würde ihn lediglich von seinem Sockel herunterzerren und ihn spüren lassen, daß es für mich zwischen ihm und einem Hühnerdieb keinen Unterschied gibt, daß er für mich auf derselben Stufe steht wie der Gammler, den man mit drei Gramm Haschisch in der Tasche aufgegriffen hat ... Wenn einer, der sich mächtig dünkt, auf die Polizeiwache geführt und aufgefordert wird, Schnürsenkel und Gürtel abzugeben, dann kippt er um, mein lieber Freund, dann bricht er zusammen, und zwar so, wie Sie es sich nicht vorstellen können.«

»Auch Don Gaetano?«

»Auch Don Gaetano – jeder, auch der Papst und der Herrgott in Person ... Sie müssen sich das nur ausmalen: Eine Polizeiwache, eine öde, kahle Schreibstube wie die meine, der typische Geruch, den Gadda so treffend beschrieben hat, und der einem jedesmal in die Nase steigt, wenn von Polizei nur die Rede ist (selbst ich nehme nach all diesen Jahren den Geruch noch wahr); hinter dem Schreibtisch der Kommissar, der natürlich sitzen bleibt und nicht die geringsten Anstalten zu einem Gruß, geschweige denn zu einem ehrerbietigen Gruß macht; und dann der Wachtmeister in Uniform, der daneben steht und teilnahmslos oder auch verächtlich sagt: ›Herr Montini, entledigen Sie sich der Schnürsenkel und des Hosengürtels‹ ... Das ist das Ende, mein lieber Freund, das absolute Ende.«

»Noch besser wird die Szene, wenn ich mir anstelle des Papstes den Herrgott selbst vorstelle.«

»Tun Sie das, tun Sie das ...« ermunterte er mich und ging schmunzelnd davon – kehrte aber gleich wieder, sichtlich besorgt, zu mir zurück. »Aber bitte: Das alles muß unter uns bleiben. Ich habe mich vor Ihnen nur deshalb gehenlassen, weil ich weiß, daß wir beide gleich darüber denken.«

»Und wie denken wir beide darüber?« fragte ich und lächelte.

»Wir beide denken: zack!« Und er beschrieb dabei mit der flachen Hand einen waagrechten Hieb, der unmißverständlich aussagen sollte: köpfen, niedermetzeln. Und erneut schmunzelnd entfernte er sich. Wahrlich, seit Jahren war es mir nicht mehr in den Sinn gekommen, daß es was – zack – zum Köpfen und Niedermetzeln gäbe. Und daß ein solcher Gedanke, ein derartiges Schwärmen, das in mir selbst abgestorben war, in einem Kommissar so üppig keimen konnte – wenn auch nur heimlich und verschwiegen –, das hätte ich nie geglaubt. Aber es gab viele Dinge, die ich aus den Augen verloren hatte, und vieles hatte sich geändert, und ich hatte es nicht wahrgenommen. Und nicht nur mir erging es so; die Leute, mit denen ich täglich zusammentraf, waren in der gleichen Situation: Minister, Abgeordnete, Professoren, Künstler, Bankiers, Industrielle, all jene, die man als die führende Schicht, die herrschende Klasse bezeichnete. Und was führte diese Klasse, wen beherrschte sie tatsächlich? Ein in einem leeren Raum gespanntes Spinngewebe, das eigene, labil gespannte Spinngewebe – auch wenn es aus goldenen Fäden bestand.

Während ich darüber nachdachte, wie trostlos das Spinngewebe war, an dessen Goldfäden ich hing, und wie leicht es durch die kleinste Erschütterung eines Astes oder einen leichten Windstoß zerstört werden konnte (dabei war ich vor einem Spinnennetz stehengeblieben, das silbern – nicht golden wie das unsere – durch die Zweige einer Haselnußstaude schimmerte, und hatte einen der Zweige nach unten gebogen und dann wie eine Sehne losschnellen lassen, um zu sehen, wie die silbernen Fäden zerrissen und die Spinnen verstört daran auf und ab rannten), hatte ich mich der Lichtung genähert, auf der sich noch am Tag zuvor die Frauen gesonnt hatten. Sie waren nicht da. Ich überquerte die Lichtung und war etwa hundert Schritte weitergegangen, als ich plötzlich Don Gaetano vor mir sah. Auf einem Mühlstein sitzend, starrte er mich an, als sähe er mich nicht. Es ärgerte und reizte mich, machte mich aufsässig und bissig.

»Hat Ihnen jemand gebeichtet, er habe das Verbrechen begangen oder eine falsche Zeugenaussage gemacht?« fragte ich.

»Setzen Sie sich«, sagte Don Gaetano und wies neben sich auf den Mühlstein. Ich war entschlossen, nicht nachzugeben, und zitierte: »Das Rad dreht sich, und wer glücklich oben sitzt, weiß nicht mehr, wie sehr er geliebt wird.« Aber dann setzte ich mich doch neben ihn auf den Stein, der kühl war und ein wenig feucht. Es war sehr still; und die aus weiter Ferne kommenden Geräusche – Stimmen, Motoren, Hundegebell – ließen die Stille noch tiefer erscheinen. Dann schweigen wir eben um die Wette, dachte ich. Und ich erinnerte mich an ein Spiel, das wir manchmal in meiner Kindheit gespielt hatten, wenn wir müde waren. Es bestand einfach darin, nicht zu reden, nicht zu lachen und mit geschlossenen Augen stillzustehen. Doch zugleich wußte ich, daß ich bei diesem Spiel verlieren würde. Und wirklich, nach einer Weile fragte ich: »Was halten Sie davon, wie mein Freund Scalambri die Ermittlungen leitet?«

»Ihr Freund?«

»Keineswegs. Das war eben nicht wörtlich gemeint. Wir waren lediglich zusammen auf dem Gymnasium; seit Jahren habe ich ihn nicht mehr gesehen, und ich wußte auch gar nicht, daß er Anwalt geworden ist ... Glauben Sie, daß er zu einem Ergebnis kommen wird?«

»Und Sie?«

»Allmächtiger im Himmel!« platzte es aus mir heraus. »Wie soll er das, solange er es mit einer solch komischen Kongregation zu tun hat?«

»Den Allmächtigen können Sie sich sparen ... Und Sie irren sich, wenn Sie glauben, das hier sei eine komische Kongregation. Ein Vipernnest ist das.«

»Und die Vipern beißen sich gegenseitig?«

»Merken Sie das nicht?«

»Ich besitze kein derart geschultes Auge dafür ... Auf jeden Fall werden sie es kaum so tun, daß Scalambri etwas davon merkt.«

»Wer weiß? Vielleicht würde es genügen, sie aus ihrem Nest zu scheuchen und festzustellen, welche der Vipern am wenigsten gebissen worden ist.«

»Und derjenige, der am wenigsten von den anderen gebissen worden ist, muß wohl der Mörder sein, nehme ich an.«

»Denken Sie, was Sie wollen.«

»Und Sie?«

»Ich was?«

»Und Sie werden nichts unternehmen, um Scalambri zu helfen?«

»Es ist Scalambris Problem, nicht meines.«

»Aber die Gerechtigkeit, die Schuld, die Sühne ...«

»Nein«, unterbrach er mich bestimmt. Und mit der Überzeugungskraft eines Sehers fügte er hinzu: »Sehen Sie, es ist der älteste und verbreitetste Irrtum der Christenheit zu glauben, Christus habe das Böse aufhalten wollen. ›Gott existiert nicht, also ist uns nichts erlaubt.‹ Niemand hat je ernsthaft versucht, diese These umzukehren: ›Gott existiert, also ist uns alles erlaubt.‹ Niemand, bis auf Christus. Seinem wahren Wesen nach ist gerade dies das Christentum: Alles ist uns erlaubt. Das Verbrechen, der Schmerz, der Tod ... Glauben Sie, das alles wäre möglich, wenn es Gott nicht gäbe?«

»Also der Triumph des Bösen ...«

»Nicht der Triumph des Bösen, nicht das Böse: Man müßte sich von diesen Begriffen, von den Worten überhaupt, lösen ... Aber andererseits haben wir ja bloß Worte ... Man müßte in das Unfaßliche eindringen, ohne auch nur das Bedürfnis zu empfinden, es in Worte zu fassen ... Aber da Sie – ich sehe das ein – mit dem Unfaßbaren wenig anfangen können, wollen wir davon absehen ... Schweifen wir statt dessen ein wenig ab: Sehen wir uns die Anklagen an, die schon in der Antike erhoben, die Verteidigungsversuche, die schon zu jener Zeit unternommen wurden. Denken Sie beispielsweise an Tertullian. Er hat bereits damals ebenso verzweifelt wie vergeblich versucht, die Christen von dem Vorwurf reinzuwaschen, sie nähmen keinen Anteil am öffentlichen Leben: ›Auch wir kennen das Forum, die Märkte, die Bäder, die Lagerhäuser, die Herbergen und was ihr sonst noch an Geschäften betreibt; mit euch zusammen bewohnen wir das zeitliche Leben ...‹ Sehr richtig; nur ist für uns das zeitliche Leben, die Welt, eben etwas anderes. Es ist der Rand des Abgrundes – in uns selber und um uns herum. Der Abgrund, der den Abgrund beschwört. Der Terror, der den Terror beschwört. Und deswegen fürchtet ihr uns auch – berechtigterweise –, und Tertullian hat euch zu Unrecht aufgefordert, uns nicht zu fürchten und euch zu beruhigen. Doch in einem hatte er recht: in dem Maß, in dem ihr uns verurteilt, wird uns von Gott vergeben.«

»Was heißt hier: ihr?«

»Ihr, die ihr das zeitliche Leben, die Welt, vom Forum beherrscht glaubt und das Forum wiederum von Gott – auch wenn ihr Gott mit anderen Namen nennt.«

»Und was werden Sie mir sagen, wenn wir noch weiter abschweifen? Daß Ihnen der Mord hier inmitten Ihrer Gäste gleichgültig ist. Daß Sie die Tatsache nicht berührt, daß einer Ihrer Gäste umgebracht worden ist und daß der Mörder wahrscheinlich frei ausgeht ... Wollen Sie mir das sagen?«

»Ich könnte das tun, gewiß. Aber ich leide zu sehr.«

»Und warum?«

»Weil ein Teil von mir noch verwundbar ist, allen Einflüssen ausgesetzt.«

»Und es handelt sich dabei nicht um Ihren besseren Teil, so glaube ich verstanden zu haben.«

»Sehen Sie, jetzt kehren Sie wieder zu den Worten zurück, die abgrenzen und unterscheiden: in gut und schlecht, gerecht und ungerecht, schwarz und weiß. Dagegen ist das Ganze nichts anderes als ein Fall, ein langer Absturz – wie in unseren Träumen ...«

Das letzte Wort verklang, als würde es aufgesogen von der Luft, von den Bäumen, von mir selber. Und auf einmal war ich allein, saß auf diesem runden Mühlstein, und es war mir, als hätte ich einen Augenblick lang geträumt, vielleicht auch länger als einen Augenblick.

Ich erhob mich und ging langsam zum Hotel zurück. Doch noch ehe ich den asphaltierten Platz erreichte, hörte ich Lärm und Stimmengewirr, und ich wußte, daß etwas geschehen war.

Folgendes war geschehen: Rechtsanwalt Voltrano war, so glaubte man, aus dem Fenster seines Zimmers im achten Stockwerk gestürzt und auf dem Ziegelhaufen hinter dem Hotel aufgeschlagen, direkt vor den Küchenfenstern. Der Koch, der in einem Liegestuhl sein Schläfchen hielt, war von dem Aufprall aufgewacht. Zunächst hatte er nichts gesehen, außer einigen Dachziegeln, die ins Rutschen geraten waren. Doch als er aufstand, um der Sache nachzugehen, hatte er Voltrano entdeckt: mit verrenkten Gliedern, nur mit einem Pyjama bekleidet, hatte er bäuchlings auf den Ziegeln gelegen, und sein Körper hatte noch leise gezuckt. Der Koch hatte einen derartigen Schrei ausgestoßen, daß er sogar von jenen, deren Zimmer sich an der entgegengesetzten Seite befanden, gehört worden war. Auch Scalambri hatte – durch den dichten Nebel seines weinseligen Schlafes hindurch – den Koch gehört. Und nun stand er da, zwischen Küchenfenster und Ziegelhaufen, hellwach, wutentbrannt und brüllte aus vollem Hals.

Der Koch war kreidebleich. Er zitterte, und einer seiner Küchenjungen reichte ihm von Zeit zu Zeit einen Weinkrug. Der Koch nahm den Krug in beide Hände (vor lauter Zittern hätte er es mit einer kaum geschafft), trank hastig einen Schluck daraus und gab ihn wieder zurück. Kaum war der Kommissar darauf aufmerksam geworden, da schrie er auch schon, man solle ihm den Koch gefälligst nicht besoffen machen. Der brauche einen klaren Kopf, wenn er seine Aussage mache. Darauf ließ der Koch einen ellenlangen Fluch vom Stapel, bei dem weder die Heiligsten der Heiligen noch die Gottesmutter ungeschoren davonkamen.

»Mit klarem Kopf ... Das ist ja das letzte! Und warum braucht er mich mit klarem Kopf? Was soll ich schon wissen, was habe ich damit zu schaffen? Ich bin wach geworden und habe einen im Pyjama gesehen, der auf den Ziegeln krepiert ist wie eine Eidechse, der man auf den Kopf getreten ist. Das ist alles, was ich weiß.«

Er streckte die Hand nach dem Krug aus, zog sie aber

gleich wieder zurück – und das Fluchen ging von neuem los.

»Nicht einmal einen Schluck Wein gönnen sie einem.«

Der junge Priester mit der langen Mähne näherte sich mir. Als wollte er den Ruf des Hotels retten, sagte er zu mir:

»Der arme Teufel muß völlig durcheinander sein; ich habe ihn noch nie fluchen hören.« Nach einer Pause fügte er hinzu: »Der arme Doktor Voltrano! Kannten Sie ihn?«

»Nein.«

»Ein äußerst verdienstvoller Mann. Auflösung von Ehen durch die Rota ... In den letzten Jahren hat er sich allerdings mehr der Politik gewidmet. Er hat sich dabei nie in den Vordergrund gespielt, aber viel Geschick bewiesen ... Armer Kerl .. Und jedes Jahr bat er ausdrücklich darum, für ihn ein Zimmer in der obersten Etage zu reservieren. Und immer konnten wir ihm diesen Wunsch erfüllen.«

»Auch dieses Mal?«

»Ja, auch dieses Mal«, bestätigte er und erschauerte.

»Sie brauchen sich deswegen keine Vorwürfe zu machen: Er wäre auch tot, wenn er lediglich aus dem siebten oder sechsten Stockwerk gestürzt wäre. Und er wäre jetzt genauso tot, selbst wenn er im ersten Stock gewohnt hätte. Wenn man ihn nicht aus dem Fenster hätte werfen können, hätte man einen anderen Weg gefunden.«

»Was? Glauben Sie wirklich, er sei umgebracht worden?«

»Sie nicht?«

»Mein Gott, noch einer!«

»Wenn man eine Sache einmal angefangen hat, muß man sie auch weiterführen.«

»Aber ein Verbrechen darf doch nicht ...«

»Gerade bei einem Verbrechen kann man nicht mehr anhalten.«

»Sie glauben also, daß noch weitere Verbrechen geschehen werden?«

»Aber nein. Es ist durchaus möglich, daß die ganze Sache hiermit endgültig abgeschlossen ist. Ich meinte lediglich, daß ein Mörder solange nicht aufhören kann, als er nicht alle Fehler und Unzulänglichkeiten beseitigt hat, die ihm bei seinem ersten Mord unterlaufen sind. Und während er diese Fehler durch ein zweites Verbrechen zu vertuschen sucht, geschieht etwas Unvorhergesehenes, das nur durch einen neuen Mord korrigiert werden kann. Dies gilt natürlich nur für jene Verbrecher, die alles bis ins kleinste Detail kalkuliert haben, um ungeschoren davonzukommen. Nun läßt sich aber nicht alles im voraus so genau berechnen, als daß man den Zufall ganz ausschließen könnte ... Wobei wir bei unserem Fall angelangt wären: Hätte Doktor Voltrano heute morgen nicht daran gezweifelt, daß Michelozzi während des ganzen Rosenkranzmarsches ununterbrochen an seiner Seite war, dann wäre er gewiß noch am Leben.«

»Sie glauben also, daß aufgrund dessen, was er heute morgen gesagt hat ..«

»Oder aufgrund dessen, was er nicht gesagt hat.«

Der Kommissar mußte über ungewöhnlich gute Ohren verfügen: Obwohl er ein gutes Stück entfernt war und ganz mit dem Problem beschäftigt schien, wie Voltrano aus dem Fenster seines Zimmers auf den Ziegelhaufen hatte stürzen können, wenn dieser Ziegelhaufen mindestens zehn Meter rechts von seinem Fenster lag (ein Polizist lehnte aus dem Fenster von Voltranos Zimmer und seilte zur Festlegung der Senkrechten einen kleinen Stein ab), hatte er die letzten zwei Sätze unseres Gespräches mitangehört und rief jetzt herüber: »Ganz richtig. Auf Grund dessen, was er nicht gesagt hat ... Bitte, Sie sehen es ja, er ist nicht aus dem Fenster seines Zimmers gestürzt, sondern von der Dachterrasse herabgestoßen worden.«

»Was soll das heißen?« fragte der Priester.

»Das soll heißen, mein lieber Freund, daß Voltrano nicht einfach so, zum Vergnügen auf die Terrasse gestiegen ist, sondern weil er dort eine Verabredung hatte – mit dem, der ihn dann umgebracht hat.«

»Kommissar, ich darf Sie doch bitten, diese Schlußfolgerungen gefälligst für sich zu behalten«, unterbrach ihn Scalambri barsch.

»Verzeihung, Herr Staatsanwalt, Verzeihung ... Es war nur wegen dieses seltsamen Zufalls: Genau in dem Moment, in dem Ihr Freund seine Vermutung aussprach, stellte ich meinerseits die Richtigkeit dieser Vermutung fest ... Schließlich ist auch die Physik eine Wissenschaft: Sehen Sie selbst.« Und er zeigte auf den Polizisten im Fenster, der das Seil in der Hand hielt, an dem, einen Meter über dem Boden und weit weg vom Ziegelhaufen, der Stein pendelte.

»Mein Freund schreibt eben nicht umsonst Kriminalromane«, sagte beschwichtigend und schmunzelnd Scalambri. »Er ist nicht nur der große Maler, den wir alle kennen ... apropos, was macht meine Zeichnung? Wie Horaz schon sagte: Promissio boni viri est obligatio ... Aber wahrscheinlich ist ihm dieser Spruch bloß angedichtet worden ...«

»Keine Ahnung. Du weißt ja, mein Latein war nie ...«

»Ich dagegen habe es geliebt, ja, richtig geliebt.« Und er seufzte, als gräme er sich darüber, daß ihn das Schicksal von Cicero und Lukrez weggeführt hatte und ihn zwang, statt dessen mysteriöse Verbrechen zu untersuchen, die unter den Reichen und Mächtigen stattfanden. »Was macht also meine Zeichnung?«

»Heute abend oder spätestens morgen wirst du sie haben. Außerdem sind wir vorläufig ja beide hier festgenagelt, so wie ich die Dinge sehe.«

»Allerdings. Wir gleichen einer Karawane, die im Morast steckengeblieben ist.«

»Herr Staatsanwalt«, unterbrach der Kommissar, »wollen Sie mitkommen auf die Terrasse? Ich glaube, daß ein Lokalaugenschein ...«

»Ja, natürlich«, sagte Scalambri. Und zu mir, so als mache er mir ein großzügiges Geschenk, das ich gar nicht verdiente: »Du kannst mitkommen, wenn du willst.«

Der Aufzug brachte uns in das achte Stockwerk. Über eine steile Eisentreppe erreichten wir die Dachterrasse. Grelles Sonnenlicht schlug uns entgegen, das von dem Emailplattenboden reflektiert wurde.

Genau an der Stelle, die senkrecht über dem Ziegelhaufen lag, wo Voltrano sich das Genick gebrochen hatte, waren knapp vor der Brüstung deutlich Blutflecken zu sehen.

»Ausgezeichnet«, sagte der Kommissar, und man sah ihm an, daß er mit sich zufrieden war. Sogar die Hände rieb er sich. »Jetzt müssen wir nur noch den Gegenstand finden, mit dem dieser verdammte Schweinehund Voltrano erschlagen hat.«

»Wahrscheinlich hat der Mörder den Gegenstand, mit dem er zugeschlagen hat, hinuntergeworfen«, sagte ich vorsichtig. »Und zwar sofort nachdem der Rechtsanwalt zusammengebrochen war. Er kann den Gegenstand nämlich kaum in der Hand gehalten haben, während er den Körper über das Geländer zerrte.«

»Er hätte ihn auch auf den Boden legen können, für den Fall, daß er vielleicht nochmals hätte zuschlagen müssen«, warf der Kommissar ein.

»Richtig. Aber ob zuerst der Gegenstand und dann der Rechtsanwalt, oder zuerst der Rechtsanwalt und dann der Gegenstand über die Brüstung geflogen ist ..«

»Sie meinen, er hätte die Waffe auf jeden Fall hinuntergeworfen ... Klar, in sein Zimmer hat er sie bestimmt nicht mitgenommen.« Der Kommissar sah mich nachdenklich an. Dann sagte er entschlossen: »Ich gehe schnell hinunter und suche sie.«

»Und zwar um einiges von der Stelle entfernt, an der Voltrano aufgeschlagen ist«, rief ich ihm selbstsicher nach.

Scalambri und ich (der Polizist, der uns begleitet hatte, stand drüben am Treppenaufgang und schien im Stehen zu schlafen wie ein Maultier) waren allein auf der brütendheißen Terrasse. Und während wir über die Brüstung hinunterschauten und darauf warteten, daß der

Kommissar unten auftauchte, sagte Scalambri: »Weißt du, wie dieses zweite Verbrechen geschehen ist, ob man nun Voltrano mit einem Ziegel oder einem Blumentopf eins über den Schädel gegeben hat, das hat für mich wenig oder gar keine Bedeutung. Für mich ist wichtig zu wissen, weshalb Voltrano umgebracht worden ist. Und ich weiß es. Voltrano ist umgebracht worden, weil er wußte, wer Michelozzi umgebracht hat und weil er Michelozzis Mörder erpressen wollte.«

»Aber das weißt du erst, seitdem klargeworden ist, daß sich der Mörder und sein zweites Opfer hier auf der Terrasse getroffen haben. Wäre Voltrano auf seinem Zimmer zusammengeschlagen und dort aus dem Fenster geworfen worden, dann hättest du jetzt diese Gewißheit nicht.«

»Na ja, das schon. Ich hätte zwar nicht die Gewißheit, aber doch den Verdacht, daß Voltrano mehr wußte, als er uns gegenüber zugegeben hat, und daß er sich dieses Wissens bedienen wollte, um den Mörder zu erpressen. Den Eindruck hatte ich heute morgen schon.«

»Ich dagegen hatte heute morgen eher den Eindruck, er wäre ehrlich gewesen. Er hätte wirklich nicht mehr gewußt als das, was er gesagt hat, und er hätte sich wirklich an nichts anderes mehr entsinnen können ...«

»Das ist dir nur so vorgekommen: ehrlich, verwirrt, fast beschämt darüber, sich an nichts mehr erinnern zu können ... Aber dieser Voltrano war ein Mensch, der selbst beim Vorlesen des Fahrplans gelogen hätte, oder bei der Aufzählung dessen, was er zu Mittag gegessen hat. Er hat prinzipiell und immer gelogen. Mit dem, was er heute morgen gesagt hat – eine Finte, auf die du, ich aber nicht, hereingefallen bist –, muß er also irgend etwas bezweckt haben. Und weißt du, was ich dir jetzt sage? Wahrscheinlich hatte er überhaupt nichts gesehen. Er hat das alles erfunden: das komische Gefühl, die verschwommene Erinnerung an irgend etwas nicht näher Definierbares – und zwar anhand einer schnell durchgeführten Berechnung, die sich aus irgendwelchen Faktoren der Rekonstruktion ergab, mit der wir gerade beschäftigt waren ... Vor kurzem habe ich gesagt, ich hätte heute morgen schon den Eindruck gehabt, Voltrano hätte etwas gewußt. Das war ein Irrtum: Voltrano wußte überhaupt nichts. Aber kaum hatte er gemerkt, daß er als Nebenmann von Michelozzi etwas wissen könnte, hat er scharf kalkuliert und gefolgert, daß – würde er so tun, als habe er den Eindruck, jemand hätte sich zwischen ihn und Michelozzi geschoben – der Betreffende alle Hebel in Bewegung setzen würde, um nicht zu riskieren, daß sich Voltrano plötzlich tatsächlich erinnerte. Voltrano hat also damit gerechnet, daß sich der andere sein Schweigen für teures Geld und andere Gefälligkeiten erkaufen würde, wie sie unter diesen Typen gang und gäbe sind ... Nur an eines hat er dabei nicht gedacht: nämlich daran, daß einer, der bereits ein Verbrechen auf dem Gewissen hat, auch ein zweites begeht, sobald er in Panik gerät.«

»Du kanntest ihn wohl sehr gut.«

»Und ob ich ihn gut kannte. Er hat mir mehr Ärger gemacht als alle anderen zusammen. Er war schlau, heimtückisch und bei seinen hinterhältigen Machenschaften ungemein hartnäckig ... Ein richtiger Fuchs. Ein Fuchs, dem endlich ein Wolf über den Weg gelaufen ist.«

»Nun gut, du glaubst also, daß Voltrano heute morgen mit seinem Gerede einfach blindlings einen Köder ausgeworfen hat, ohne zu wissen, wer anbeißen würde.«

»Jetzt bin ich mir fast sicher.«

»Heute morgen dagegen hast du geglaubt, er kenne seine Beute bereits ... Aber ob nun so oder anders, auf jeden Fall hätte man ihn im Auge behalten, diskret beschatten können ...«

»Dieses Rindvieh von Kommissar! Und ich habe ihm noch gesagt, ich traute Voltrano nicht ... Na ja, es wäre sowieso ein reiner Zufall, wenn uns dieser zweite Mord zum Mörder hinführen würde. Das wahre Problem, um das es hier geht und in dem alle Bestandteile zur Lösung beider Verbrechen enthalten sind, ist nach wie vor der erste Mord. Beim zweiten ist das Motiv augenscheinlich: Erpressung. Ein Motiv, das uns aber nicht zum Mörder führt. Finden wir dagegen das Motiv für den ersten Mord, so haben wir den Täter in der Hand ... Allerdings gibt es für die ehrenwerten Herren hier Tausende von Beweggründen. Derart viele und derart schwerwiegende, daß es wie ein Wunder anmutet, wenn sie sich nicht hier, vor unseren Augen, gegenseitig die Haut abziehen.«

»Also ein unlösbares Problem.«

»Das will ich nicht sagen ... Michelozzi hatte nämlich eine Eigenart, die ihn von den anderen unterschied. Sicher war auch er ein Dieb. Früher hätte man ihn tausendmal wegen Veruntreuung und Unterschlagung, wegen Bestechung und aller nur denkbaren strafbaren Handlungen im Zusammenhang mit der Verwaltung öffentlicher Gelder verurteilt. Aber an der heute gültigen Moralauffassung gemessen, war Michelozzi grundehrlich, und zwar einfach deshalb, weil er nur wenig oder vielleicht gar nichts für seinen privaten Verbrauch aus den von ihm verwalteten Kassen entnommen hat. Alle hier besitzen Häuser, Villen, Landgüter, alle haben sie ihre kleinen, mittleren und großen Industrieunternehmen, und seit Jahren verfrachten sie ihr Geld in die Schweiz. Michelozzi dagegen nicht: Er besaß weder ein Haus noch ein Stück Boden. Er lebte in Untermiete bei Nonnen und Patres; man erzählt sogar, daß er einen Teil seines Gehaltes an die Armen verteilte ... Wie er an die Armen herangekommen sein mag, ist mir allerdings unklar ... Jedenfalls konnte ihn niemand mit der Drohung erpressen, er werde seine Bestechlichkeit publik machen, und zwar aus dem einfachen Grund, weil Michelozzis Straftaten allen – ich wiederhole: allen – nur Vorteile gebracht haben.«

»Und da man ihn nicht erpressen konnte ...«

»Mußte man sich anderer Mittel bedienen: der Fürsprache einflußreicher Persönlichkeiten ... Jener von Don Gaetano zum Beispiel, der das Gewissen aller hier Versammelten wie einen Klumpen Wachs knetet und formt. Und hätte Don Gaetano Michelozzi gebeten, irgend etwas zugunsten desjenigen zu tun, der sich statt dessen dann zu zwei Morden hat hinreißen lassen, dann wäre er sicherlich ... Moment mal ... Ist es eigentlich denkbar, daß der Mörder nicht versucht haben könnte, den Trumpf der Fürsprache Don Gaetanos auszuspielen, ehe er sich entschloß, zwei Morde zu begehen? ... Ach endlich! Ein fester Anhaltspunkt: Don Gaetano weiß alles.«

»Und er wird alles für sich behalten.«

»Ja, ja, ich weiß – aber versuchen muß ich es.«

Von unten herauf – wir hatten gar nicht mehr an ihn gedacht – frohlockte der Kommissar: Er hatte das Corpus delicti gefunden (ein rötliches Ding, das auf dem weißen Tuch wie ein Blumensträußchen in einer Papiermanschette aussah) und schwenkte es triumphierend.

Scalambri versuchte es. Rund drei Stunden lang. Erledigt und besiegt gab er schließlich auf. Aus dem, was er mir erzählte, ging hervor, daß Don Gaetano allen Fragen durch Zerstäubung christlicher Sprüche aus dem Weg gegangen war.

»Wie ein Gas«, erzählte Scalambri, »so als hätte ich bei offenem Gashahn dagesessen und darauf gewartet, daß es mich betäuben würde ... Heuchler, gemeiner Delinquent ...«

Aber es war ein müder Vorwurf, Scalambri hatte nicht einmal mehr die Kraft zu einem Wutausbruch. Er wurde erst wieder munter, als ihm der Kommissar kurz vor dem Essen mitteilte, er hätte erfahren, daß bis zum Zeitpunkt der Ermordung Michelozzis fünf Frauen im Hotel gewesen und daraufhin verschwunden seien.

»Und so etwas höre ich erst jetzt?« entrüstete sich Scalambri.

»Ich habe es eben erfahren und Ihnen sofort erzählt.«

»Früher hätten Sie es erfahren müssen, jawohl, sofort nachdem wir hier angekommen sind!«

Der Kommissar breitete die Arme aus und senkte den Kopf auf die linke Schulter: ein Gekreuzigter.

»Die Sache ist vollkommen belanglos«, kam ich dem Kommissar zu Hilfe. »Ich bin sicher, daß sie mit den Verbrechen nicht das geringste zu tun haben. Wenn sie noch am selben Abend verschwunden, beziehungsweise weggebracht worden sind, dann nur deshalb, weil Don Gaetano besorgt war, es könne hier wegen dem bißchen Boccacciomilieu einen Skandal geben.«

»Eben«, sagte Scalambri und grinste boshaft, »eben ...«

Ich konnte mir leicht ausmalen, daß er dieses Argument benutzen wollte, um Don Gaetano von der Notwendigkeit zu überzeugen, ihm etwas über die Verbrechen zu erzählen – oder auch nur, um sich zu rächen. Und dieser Versuchung vermochte er nicht lange zu widerstehen: Schon bei Tisch ließ er eine Bemerkung darüber fallen. Er tat es sehr ungeschickt. Don Gaetano wurde sofort klar, daß Scalambri von den fünf Frauen wußte und damit drohte, diese Affäre ans Licht zu bringen. Ohne einen Augenblick zu zögern, ging er zum Gegenangriff über.

Es begann damit, daß Scalambri beiläufig fragte: »Was ist das hier nun eigentlich? Ein Hotelbetrieb oder – was weiß ich – eine Art Kloster, eine reine Tagungsstätte?«

»Es ist ein Hotel, das von Zeit zu Zeit zu einer, wie Sie sagen, Art Kloster wird.«

»Ja, schon. Aber es würde mich interessieren, ob es wie ein normales Hotel betrieben wird.«

»Was heißt: wie ein normales Hotel betrieben?« Don Gaetano war bereits auf der Hut.

»Ich meine: Sind Sie hier verpflichtet, dieselben gesetzlichen Vorschriften und Polizeiverordnungen zu befolgen wie ein Hotelbetrieb, der nicht von kirchlichen Ämtern und Orden geführt wird?«

»Das weiß ich nicht«, erwiderte Don Gaetano.

»Aber jemand wird es wohl wissen ... Ich darf das doch sicherlich annehmen.«

»Aber gewiß.« Don Gaetano klingelte mit der Tischglocke, die vor ihm stand, und rief: »Pater Cilestri ..«

Ringsum verstummten die Gespräche. Pater Cilestri erhob sich an seinem Tisch.

»Bleiben Sie ruhig, wo Sie sind«, sagte Don Gaetano. »Der Herr Staatsanwalt will bloß wissen, ob wir verpflichtet sind, unsere Gäste zu registrieren und der Polizei eine Kopie der Anmeldungszettel zu schicken« – und leiser zu Scalambri – »Ich nehme doch an, daß es das ist, was Sie eigentlich wissen möchten.«

»Wir sind dazu verpflichtet«, antwortete Pater Cilestri.

»Danke«, sagte Don Gaetano und wandte sich wieder Scalambri zu. »Wir sind also dazu verpflichtet. Ich zweifle allerdings, daß Pater Cilestri dies je getan hat.«

»Und warum?«

»Warum, warum«, entrüstete sich der Minister.

»Ganz einfach deshalb, mein lieber Herr Staatsanwalt, weil wir hier unter uns sind: wie in einer Art Kloster, um Ihren eigenen treffenden Ausdruck zu benutzen.«

»Eine Art Kloster, aber eben doch kein Kloster.«

»Nicht der Form nach, jedoch de facto. Wir versammeln uns hier jedes Jahr zu einer inneren Einkehr, um zu meditieren, zu beten ...« Der Minister schien die beiden

Verbrechen völlig vergessen zu haben. Und wer wäre schon so taktlos gewesen, ihn daran zu erinnern? Der Kommissar war es, der sich zu solcher Taktlosigkeit aufraffte, nachdem er mit einem Blick in die Runde festgestellt hatte, daß alle anderen – verblüfft oder eingeschüchtert – nicht zu diesem Opfer bereit waren: »Es sind zwei Verbrechen geschehen, Exzellenz, zwei.« (Nachher sagte er zu mir: »Ist mir doch scheißegal: In zwei Monaten gehe ich sowieso in Pension.«)

Dem Minister stieg vor Zorn das Blut in den Kopf, aber er hielt sich zurück. »Sie, Herr Kommissar, können durchaus bei Ihrer Meinung bleiben, aber Sie haben nichts in der Hand, keinen einzigen Beweis, kein einziges Indiz, um meine Überzeugung widerlegen zu können. Und meine Überzeugung ist, daß keiner von denen, die sich jetzt in diesem Saal befinden, die zwei Verbrechen begangen hat.«

»Sie sagen also: keiner der Anwesenden«, fuhr Scalambri dazwischen.

»Genau: Keiner der Anwesenden.«

»Der Anwesenden«, betonte Scalambri.

»Der Anwesenden«, bestätigte der Minister nochmals, jedoch zögernd, so als fürchte er eine Falle. Dann wandte er sich plötzlich besorgt an Don Gaetano: »Fehlt denn jemand?«

»Niemand«, gab Don Gaetano gereizt zurück. Und er fixierte dabei Scalambri mit einem Blick, der sich – ähnlich der Schärfeneinstellung eines Objektivs – langsam zusammenzog, bis er nicht länger verschwommen, sondern spitz und scharf wurde. Dies wurde von einer leichten Bewegung der rechten Hand begleitet: Eine Katze, die ihre Krallen zeigt und sie wieder einzieht.

»Nachdem niemand fehlt«, fuhr der Minister fort, »wiederhole ich noch einmal, und ich bin auch bereit, für diese Überzeugung einzustehen: Der Mörder ist nicht unter uns.«

Der Minister hatte zuletzt ziemlich laut gesprochen, und nachdem seit Don Gaetanos Aufforderung an Pater Cilestri alles geschwiegen und das Gespräch an unserem Tisch verfolgt hatte, wurden die Worte des Ministers mit einem Chor bedingungsloser Zustimmung begrüßt. Alles klatschte, und der Beifall wollte kaum enden.

Als der Applaus endlich verstummt war, sagte der Minister: »Es freut mich, daß alle meine Auffassung teilen.« Er erhob sich von seinem Platz, machte eine Verbeugung nach rechts, eine nach links.

»Dachten Sie denn, irgend jemand könnte anderer Meinung sein?« fragte ihn Don Gaetano sarkastisch. Es war, als hätte er ihm einen Kübel eiskaltes Wasser ins Gesicht geschüttet. Der Minister schnappte sichtlich nach Luft. Er bewegte die Lippen, als wollte er etwas sagen. Aber er sagte nichts.

Im übrigen war Don Gaetano, um das Thema zu wechseln, auf seine ursprüngliche Diskussion mit Scalambri zurückgekommen: »Nun ja, ich befürchte tatsächlich, daß es Pater Cilestri stets versäumt hat, die Anmeldezettel unserer Gäste bei der Polizei abzuliefern ... Ist dies ein schwerwiegender Verstoß?«

»Für einen x-beliebigen Hotelbesitzer wäre es ein schwerer Verstoß.«

»Sie wollen damit sagen, daß ich kein x-beliebiger Hotelbesitzer bin? Danke.«

»Seine Exzellenz hat das gesagt«, meinte Scalambri und deutete auf den Minister.

»Aber ich bitte Sie ... Das habe ich doch bloß so gesagt. Es war meine persönliche Meinung. Ich kenne mich in den Polizeiverordnungen nicht aus. Und ich habe auch nicht das geringste Interesse, mich in diese Angelegenheit einzumischen oder zu intervenieren ... Überdies bin ich weder Innenminister noch Justizminister; zu meinem Glück beschäftige ich mich mit völlig anderen Angelegenheiten.«

»Es war gewiß nicht die Absicht Seiner Exzellenz, mir Immunität zu verleihen«, ergänzte Don Gaetano. »Aber etwas ganz anderes. Lassen wir den schwerwiegenden Verstoß, den wir da zu verantworten haben, das heißt, den ich zu verantworten habe, einmal beiseite. Statt dessen möchte ich Ihnen – als Tischgenossen und als Freund, und ich hoffe, Sie erlauben mir das – meine Gedanken offenbaren, die mir in den Sinn gekommen waren, als Sie mir die erste Frage ex abrupto gestellt hatten. Dabei ist es natürlich klar, daß ich mit diesem Ausdruck bewußt auf das Verfahren hinweise, das in vergangenen Zeiten danach benannt worden ist ... In vergangenen Zeiten: eine unverdiente Hommage an unsere Zeit, nachdem sich jedes juridische Verfahren stets ex abrupto abgewickelt hat und sich auch heute noch genauso ex abrupto abwickelt, auch wenn in bezug auf Zeit und Modus etwas verlängert und gelöster ... Nun, als Sie mir unversehens die erste Frage gestellt hatten, ob dies ein Hotel oder eine Art Kloster sei (und ich glaube, die exaktere Frage wäre gewesen, ob dies ein Hotel oder die Tagungsstätte einer Bruderschaft sei), da dachte ich sofort ...« Er machte eine Pause, als warte er auf Scalambris Genehmigung fortzufahren.

»Sprechen Sie«, ermutigte ihn Scalambri – jedoch mit einer gewissen Unruhe in der Stimme.

»Ich dachte dabei folgendes: Wir sitzen gemeinsam bei Tisch und brechen das gleiche Brot und trinken den gleichen Wein. Er aber vergißt dabei nicht, Ermittler und Richter zu sein, so wie auch ich nicht vergesse, Priester zu sein ... Mit welch fürchterlichen Sendungen sind wir beauftragt! Fürchterlich und notwendig: Und ich würde sagen, daß sie in dem Maße fürchterlich sind, in dem sie notwendig sind, und daß sie auch wieder in dem Maße notwendig sind, in dem sie fürchterlich sind ... Wir sind die Toten, die andere Tote begraben ... Mein Gott!« Er stützte die Ellbogen auf den Tisch und vergrub das Gesicht in beiden Händen, so als betrachtete er das innere Bild der Notwendigkeit in seiner ganzen Fürchterlichkeit. Jedermann war beeindruckt. Auch ich – zugegeben. Nur der Kommissar guckte nach wie vor bedächtig und spöttisch in die Runde.

Als Don Gaetano nach einer Weile wieder in unseren Kreis zurückfand – er ließ dabei die Hände mit den Ballen nach oben auf den Tisch sinken, als wollte er uns die Stigmata seiner soeben überstandenen Kreuzigung zeigen –, sagte er: »Doch so sehr es mich auch entsetzt, Priester zu sein, viel mehr würde es mich entsetzen, Richter sein zu müssen ... Fürchterlich sind die Worte Christi ›Richtet nicht, auf daß ihr nicht gerichtet werdet‹. Er verbietet uns nicht zu richten, setzt es aber in unmittelbare Abhängigkeit mit dem Gerichtetwerden. ›Suchst du den Splitter in deines Bruders Auge und hast doch den Balken in deinem eigenen.‹ Wohlweislich ist der Balken dabei im

Auge des Richtenden und der Splitter im Auge des Gerichteten. Wollte er damit sagen, daß nur die Schlechtesten richten, richten wollen, richten können, und zwar aufgrund der eigenen Schuld, des eigenen Schuldigseins, nachdem sie darob gerichtet worden sind und sich davon befreit haben?« Scalambri folgte diesen Ausführungen verkrampft und mit einer Aufmerksamkeit, die peinlich mitanzusehen war. Um ihm eine kurze Gefechtspause einzuräumen – wie sie die Katze der Maus zugesteht –, schweifte Don Gaetano ab: »Der Balken: Seit ich zum erstenmal auf dieses Gleichnis gestoßen bin, habe ich dabei immer wieder an den von Odysseus geblendeten Polyphem gedacht, an Polyphem, der sich den rauchenden Pfahl aus dem Auge herausreißt ... Und wer weiß, vielleicht hat Jesus von Odysseus' Abenteuer aus dem Mund eines fahrenden Sängers oder irgendeines herumziehenden Krämers erfahren ... Bedenken wir nur, wie wenig wir aus dem Leben des Heilands wissen: Es wäre genau dasselbe, wenn jeder von uns nur Zeugen finden würde für den Ablauf seines Lebens, der in dem Augenblick begonnen hat, in dem beispielsweise ich zum Priester geweiht wurde, Sie der Justizbehörde beitraten, der Kommissar zur Polizei ging und der Professor« – dabei zeigte er auf mich – »seine erste Ausstellung hatte und so weiter ... Weil unser Leben eben des Umstandes wegen zählt, daß ich Priester bin, Sie Richter sind, der Kommissar Kommissar und der Professor Maler ist: Wo aber bleibt die Kindheit, die Jugend? Wo bleiben die Orte, an denen wir gelebt haben, und wo die Menschen, mit denen wir zusammen unsere Kindheit und Jugend verlebt haben? Und was ist mit den Büchern, die wir gelesen haben, was mit unseren Liebeleien und den krummen Dingen, die wir gedreht haben? Und wenn wir wollen, so können wir sogar die Jugendjahre weglassen: Der Mensch ist so, wie ihn die ersten zehn Jahre seines Lebens geprägt haben, und wir wissen nichts über ihn, wenn wir nichts über seine ersten zehn Jahre wissen ... Natürlich hat das Leben des Heilands mit dem unseren wenig zu tun: Von ihm genügt uns die Kenntnis seiner leuchtendsten Jahre, jener Jahre, von denen wir Zeugnisse besitzen. Trotzdem haben mich immer schon seine unbekannten Jahre fasziniert, und meine Phantasie tastet sich stets wieder an diesen ersten Abschnitt seines Lebens heran.« Und an Scalambri gewandt fuhr er fort: »Wie war denn Ihre Kindheit? Glücklich? Unglücklich? Ich hoffe für Sie, daß es eine unglückliche Kindheit war, da aus einer glücklichen Kindheit nur Langeweile, Trübsal und Aggressionen erwachsen ...« Und gleich fügte er, sich selbst zurechtweisend hinzu: »Verstehen Sie das bitte nicht als eine wirkliche Frage, und antworten Sie mir auch gar nicht. Das ist eine lasterhafte Schwäche von mir: Beginnt ein Mensch mich zu interessieren, so stelle ich ihm auch schon Fragen über seine Kindheit ... Aber hier sind schließlich Sie derjenige, der Fragen zu stellen hat, nicht ich. Was ich hingegen vorhin sagen wollte ...« Don Gaetano blieb einen Moment lang stumm, als erwarte er von uns, sozusagen vom Souffleurkasten herauf, das Stichwort, an das er anknüpfen konnte. Aber er wußte natürlich ganz genau, wo er stehengeblieben war. Und so nahm er denn seinen Exkurs wieder auf: »Ich sprach über das Richten. Über das Ermitteln und das Richten. Und daß Christus vielleicht sagen wollte, daß nur den Schlechtesten eine solche Aufgabe anvertraut werden könne, daß in diesem Tun nur die Letzten die Ersten sein dürften ... Aber um des Himmels willen! Betrachten Sie dies nicht als eine persönlich gemeinte Anspielung. Schließlich weiß ich nichts von Ihnen. Überhaupt nichts. Absolut nichts.« Und er sagte es mit einem durchdringenden Blick, als wüßte er alles. »Außerdem verwende ich die Begriffe ›die Schlechtesten‹ und ›die Besten‹ im Sinne des Evangeliums, in dem Sinne also, in dem die Ersten die Letzten und die Letzten die Ersten sein werden.« Langsam streckte er seine Hand aus und legte sie auf die von Scalambri. Und sein Antlitz begann vor Wohlwollen und Zuneigung zu leuchten. »Ich weiß nichts über Sie« – und wieder betonte er das ›nichts‹ in einer Weise, die es zu ›alles‹ werden ließ – »aber ich habe Sie gern.«

Als sich Scalambri erhob, schien er ein anderer Mensch geworden zu sein. Schwerfällig stützte er sich auf meinen Arm. Der Kommissar trat zu uns und fragte flüsternd: »Herr Staatsanwalt, wollen wir nun die Sache mit den verschwundenen Frauen untersuchen?« Doch Scalambri antwortete nervös und um eine Spur lauter als notwendig, damit es auch die anderen hörten, die sich in unserer Nähe herumdrückten: »Was wollen Sie denn untersuchen? Begreifen Sie nicht, daß diese Frauen – falls sie überhaupt hier gewesen sind – mit dem Verbrechen nicht das geringste zu schaffen haben, und daß wir, wenn wir ihnen jetzt nachlaufen, noch riskieren, den Faden vollends zu verlieren?«

»Welchen Faden?« fragte der Kommissar naiv. Und es war deutlich, daß er sich mächtig amüsierte.

»Den Faden eben ...« sagte Scalambri unsicher und jetzt halblaut. »Geld, politische Interessen, Geschäfte, Erpressungen: die einzig denkbaren Motive.«

»Nur haben wir diesen Faden noch nicht in der Hand«, meinte der Kommissar.

»Dann haben wir ihn halt noch nicht, von mir aus ...« Scalambris Stimme zitterte hysterisch. »Mag sein, daß wir ihn noch nicht haben. Aber wir müssen alles tun, um ihn zu finden, um ihn aufzunehmen und festzuhalten ... Ich habe bereits meine Maßnahmen getroffen. Meine Kollegen ermitteln bereits an verschiedenen Orten. Schließlich schlafe ich ja nicht ...« Und er zog mich mit sich und ließ den Kommissar stehen. Ich drehte mich nochmals nach ihm um. Der Kommissar schien zufrieden. Grinsend zwinkerte er mir zu, als wollte er sagen: Ist ja übel zugerichtet, Ihr Freund. Und die Bekräftigung lieferte Scalambri selbst: »Dieser Hornochse von Kommissar. Will mich hinter diesen Frauen herjagen lassen. Und das, obwohl noch nicht einmal feststeht, daß diese Damen tatsächlich hier gewesen sind.«

»Sie sind hier gewesen.«

»Aha, es gibt sie also wirklich ... Trotzdem haben sie mit der Sache nichts zu tun ... Weißt du, ich habe mir zu diesem Fall eine feste Meinung gebildet. Ich sprach schon auf der Terrasse mit dir darüber. Ich neige nun dazu, alle Randerscheinungen dieser Affäre, alle Vorfälle und Indizien, die uns nur auf eine falsche Fährte locken würden, beiseite zu lassen ... Der Kommissar – ich weiß nicht, ob er es im guten Glauben tut, weil er einfach ein Dummkopf ist, oder ob er es aufgrund gewisser Interessen tut, weil er ein korrupter Dummkopf ist – möchte mich hingegen hinter diesen Frauen herhetzen und zusehen, wie ich mich im Gestrüpp privater Affären verirre. Aber ich habe nicht vor, in diese Falle zu tappen.«

Ich war barmherzig genug, ihn nicht daran zu erinnern, daß noch kurz vor dem Essen er selber – und nicht der Kommissar – es als besonders wichtig angesehen hatte, daß sich diese Frauen im Hotel aufgehalten hatten und unmittelbar nach dem Mord verschwunden waren. Ich sagte lediglich: »Ich habe den Eindruck, daß Don Gaetano großen Wert darauf legt, daß nicht über diese Frauen gesprochen wird. Stell dir den Skandal in der Presse vor, wenn plötzlich herauskäme, daß sich fünf dieser ehrenwerten Herren die Woche der inneren Einkehr durch ihre Geliebten haben versüßen lassen.«

»Keine einzige Zeitung würde darüber schreiben, nicht eine ... Und selbst wenn, was würde schon passieren? Nur wenige würden sich empören, die meisten würden darüber lachen. Und irgendeine dieser Frauen würde sicherlich ihre Chance nutzen und in einem Film mitspielen, und vielleicht würde der Film sogar ›Exerzitien‹ heißen: Eine nackte Dame, umgeben von einer Schar scheinheiliger Visagen ... Mit mir würde hingegen folgendes passieren: Mein Chef würde die Ermittlungen selber weiterführen. Ich würde zunächst befördert und dann natürlich versetzt werden. Und die Akten über die beiden Verbrechen verschwänden auf ewig in den Polizeiarchiven mit der Aufschrift ›Täter unbekannt‹. Und glaubst du, das alles ist mir die Sache wert?«

»Du rechnest also damit, den Schuldigen zu finden?«

»Das will ich hoffen ...« antwortete er. Doch er sagte es zu lahm, um glaubhaft zu wirken. Dann wurde seine Stimme neugierig und lauernd: »Was sind das eigentlich für Frauen? Jung? Schön? Und wer hat sie mitgebracht?«

»Häßlich sind sie nicht und auch ziemlich jung. Alle ungefähr der gleiche Typ: ein bißchen mollig, ein bißchen auffallend, ein bißchen ordinär. Der Typ eben, der diesen ehrenwerten Herren gefällt, für die es eine klare Trennlinie gibt zwischen den Frauen, die man heiratet und mit denen man Kinder hat, und jenen Frauen, mit denen man sich bloß amüsiert und die schon beim bloßen Hinschauen – oder Hinriechen – den Geruch des Lasterhaften haben ... Aber zu wem die fünf nun gehören, weiß ich wirklich nicht.«

»Ich will es aber wissen; zumindest das will ich wissen.«

»Es könnte nützlich sein«, stichelte ich.

»Das bezweifle ich. Doch ich will es trotzdem wissen. Entweder sagt es mir Don Gaetano, oder ich quetsche sie alle einfach aus.«

»Ich glaube, Don Gaetano wird es dir selber sagen, sofern du zu schweigen versprichst.«

»Das denke ich auch«, sagte Scalambri, schlug mir väterlich auf die Schulter und ging davon – auf der Suche nach Don Gaetano.

Ich war kaum allein, als der Minister auf mich zukam. Und so erhielt ich an diesem Abend zum zweitenmal einen väterlichen Schlag auf die Schulter. »Mein lieber Freund«, rief er zur Begrüßung und schüttelte zugleich so traurig den Kopf, als wollte er sagen: Hier sind wir nun, der ganzen menschlichen Misere, dem Verbrechen, den Fragen der Richter und Polizisten ausgesetzt, auch wir beide, die wir damit überhaupt nichts zu tun haben, die wir auf ähnliche und doch verschiedene Art rein sind. Denn in seiner Weltanschauung verlieh die reine Nutzlosigkeit der Kunst dem Künstler selbst eine Reinheit, die ihm sonst nur ein christlicher Lebenswandel hätte geben können, wobei natürlich trotz allem die Überlegenheit des christlichen Lebenswandels von vornherein feststand. Ich verlieh nun seiner mimischen Darstellung Ausdruck: »Ein schreckliches Erlebnis! Keinen Augenblick habe ich geahnt, daß ich inmitten dieses Alptraumes landen würde, als ich in den Weg zur Einsiedelei Zafer einbog.«

»Wem sagen Sie das! Wie hätte erst mir so etwas in den Sinn kommen können, zumal ich doch jedes Jahr auf der

Suche nach einem Ort der inneren Einkehr hierher komme ... Zwei Verbrechen: zwei gute, alte Freunde, die innerhalb weniger Stunden ermordet werden. Und wir, die wir alle vom Staatsanwalt, von den Journalisten und der öffentlichen Meinung mißtrauisch betrachtet werden ... Was heißt mißtrauisch betrachtet? Regelrecht verdächtigt werden wir. Haben Sie den Kommissar bei Tisch gehört? Es ist sein Beruf, sein Denken ist davon geprägt und so weiter ... Alles schön und gut, aber um Gottes willen ein bißchen Rücksicht, ein bißchen mehr Taktgefühl ... Und nicht etwa, weil jeder von uns im öffentlichen Leben eine gewisse Stellung bekleidet, ganz gewiß nicht – vor dem Gesetz sind schließlich alle gleich –, sondern dem Ort zuliebe, an dem wir uns befinden, und auch des Grundes wegen, aus dem wir hier versammelt sind: Meditation und Gebet ...« Und damit gelangte er endlich an den Punkt, den er von Anfang an angesteuert hatte: »Ich kann nur hoffen, daß Ihr Freund, der Staatsanwalt, die Sache nicht aus demselben Blickwinkel sieht wie der Kommissar – und um die Frage eines engen oder weiten moralischen und geistigen Blickwinkels handelt es sich hier ja ...«

»Er verhält sich wie eine Sphinx.«

»Wie bitte?«

»Mein Freund, der Staatsanwalt: Er ist wie eine Sphinx. Er sagt mir nicht, was er bereits über die Verbrechen herausgefunden hat, er verrät mir nichts über seine Absichten ... Und stelle ich ihm irgendwelche Fragen über die beiden Verbrechen, so antwortet er mir orakelhaft.«

»Es ist immer dasselbe mit den Leuten von der Justiz. Orakel: Ja, das ist der richtige Vergleich ... Doch glauben Sie mir, sie sprechen nicht etwa in Orakeln, weil sie zwar etwas wissen, aber nicht reden wollen; sie tun es vielmehr aus dem gleichen Grund, aus dem seit eh und je in Orakeln geredet wird.«

»Vielleicht weiß Scalambri aber wirklich etwas. Vielleicht hält er tatsächlich einen Faden in der Hand.«

»Glauben Sie?« fragte der Minister ironisch und betont ungläubig.

»Doch. Ich vermute, daß er bereits irgend etwas in der Hand hat: ein Indiz, vielleicht eine Information ...«

»Ein Indiz, eine Information ...« wiederholte der Minister, wobei ihm schlagartig die Maske der ironischen Ungläubigkeit vom Gesicht fiel. »Und was für ein Indiz, was für eine Information soll das denn sein?«

»Nachdem ich die Opfer nicht näher kannte und nichts über ihren Charakter, ihre Tätigkeit und ihre Intrigen weiß, kann ich Scalambris Orakelsprüche nicht so recht deuten.«

»Zum Beispiel?« Er hoffte, daß ich mich an Genaueres erinnern würde.

»Zum Beispiel sagte er vor kurzem, als wir uns über die Verbrechen unterhielten: ›Niemandem gebührt Lob für seine Güte, wenn er nicht die Kraft zum Bösen besitzt‹ – genau das hat er gesagt.«

»›Niemandem gebührt Lob für seine Güte, wenn er nicht die Kraft zum Bösen besitzt‹, hat er gesagt?«

»Genau.« Und in Gedanken vervollständigte ich das Zitat: ... jede andere Güte ist meistens nichts als Trägheit oder Willensschwäche.

»Das klingt wie einer jener Sprüche, die früher auf die Pralinenpapierchen gedruckt wurden ... ›Niemandem gebührt Lob für seine Güte, wenn er nicht die Kraft zum Bösen besitzt‹ ... Als Maxime ist der Spruch ziemlich blödsinnig, denn wer die Kraft zum Bösen besitzt, der ist böse.« Und nachdem er auf diese Weise François de la Rochefoucauld in die Ecke gestellt hatte, suchte der Minister nach einem Zusammenhang zwischen dieser blödsinnigen Maxime und den Verbrechen.

»Vielleicht wollte er damit auf den armen Michelozzi anspielen, der ja zweifellos ein gütiger Mensch war ... Aber was soll das? Bestimmt wurde Michelozzi nicht wegen seiner Güte umgebracht. Wenn alle sagen, daß Michelozzi gut war – auch ich sage es, nachdem ich ihm fast ein halbes Jahrhundert lang sehr nahe gestanden habe –, so bedeutet dies, daß der Mörder eine Gefahr, die ihm seitens Michelozzis drohte, ausschalten wollte. Das ist die einzige stichhaltige Erklärung.«

»Sie glauben also nicht mehr an die Möglichkeit, er sei nur zufällig erschossen worden?«

»Zufällig? Wie sollte ich nach dem zweiten Mord noch an einen Zufall glauben?«

»Dennoch schließen Sie die Möglichkeit aus, daß die Verbrechen von jemandem aus Ihrer Mitte begangen worden sind ...«

»Wir sind nicht allein in diesem Hotel. Außer uns sind noch zwischen zwanzig und dreißig Personen hier. Man übersieht sie allzuleicht, weil sie unauffällig ihre Arbeit tun und sich dort aufhalten, wo sie sich aufzuhalten haben.«

Ich dachte an die Ängste des Kochs, die sich gerade als durchaus begründet herausstellten.

»Schon, aber aus welchem Grund hätte ein Kellner, ein Küchenjunge oder eine dieser Ursulinen oder Töchter Marias, die beim Servieren helfen, Michelozzi und dann noch Voltrano umbringen sollen?«

»Haben Sie noch nie etwas von Mord auf Bestellung, von Killern gehört? Die Dinge, mein lieber Freund, sind meist weniger kompliziert als sie scheinen oder als wir sie machen.«

Abermals schlug er mir auf die Schulter: diesmal allerdings mit verächtlicher Nachsicht. Dann ging er auf ein Grüppchen der Seinen zu, sicherlich um ihnen die Maxime von La Rochefoucauld mitzuteilen, die ich spaßeshalber Scalambri angedichtet hatte.

Gerade als ich ins Hotel zurückkehrte, verließ Scalambri das Arbeitszimmer von Don Gaetano. Er machte einen zufriedenen Eindruck. Don Gaetano hatte ihn also wohl in das Geheimnis eingeweiht. Er war darüber so selig, daß er, ohne mich zu sehen, an mir vorbeiging. Ich näherte mich Don Gaetanos Arbeitszimmer, klopfte an und öffnete die Tür.

Don Gaetano saß an seinem Schreibtisch. Er hob den Blick von den Papieren, die vor ihm lagen, und sagte: »Herein!« Der Blick und der Zwicker: Als er aufblickte, änderte sich das perspektivische Verhältnis zwischen dem auf den Nasenrücken geklemmten Zwicker und den Pupillen, und der Blick wirkte dadurch weniger eisig und stechend. Hinzu kam der Lichteffekt. Neben ihm stand eine Lampe mit einem glockenförmigen Schirm aus Preßglas, so wie er kurz nach der Jahrhundertwende in Nancy und Wien angefertigt wurde und überall in Mode war und auch heute wieder fabriziert wird, natürlich in bedeutend häßlicherer Ausführung. Das grün, gelb, blau und violett schimmernde Licht brach sich in den Linsen, wodurch der Zwicker seltsam beseelt wirkte. Don Gaetanos Augen aber blieben unbeseelt.

Der Leser dieses Manuskriptes oder – sollte es je zur Veröffentlichung kommen – dieses Buches wird sich an dieser Stelle fragen, warum ich Don Gaetanos Zwicker nicht mehr erwähnt habe. Nun gut: Ich habe dieses Thema nicht mehr berührt, weil es nicht wahr ist, daß mich der Zwicker, als ich ihn zum erstenmal sah, nicht beeindruckt hat. Vielleicht hat er mich im ersten Augenblick auch weniger beeindruckt als später, als ich darüber nachdachte und ihn immer wieder vor mir sah. Sicher ist es so. Denn ich wurde mir in dem Augenblick bewußt, daß dieser Zwicker mich beunruhigte, als ich auf meinem Zimmer anfing, ihn immer wieder zu zeichnen, auf ein und demselben Blatt Papier, bis ein ganzes Feld voller Zwicker entstanden war, das einem üppigen Kürbisacker ähnelte: kleine Brillen, große Brillen, kaum angedeutete Brillen, Brillen mit und ohne Gläser und einige auch vervollständigt durch die dahinterliegenden blicklosen Augen Don Gaetanos. Das Blatt glich keiner meiner anderen Graphiken. Jemand, der es betrachtete, ohne zu wissen, wie es zustande gekommen war, hätte es für das graphische Nebenprodukt einer Spinoza-Lektüre halten können, zumal sich Spinoza ja dem Schleifen solcher Brillengläser gewidmet hatte; vielleicht hätte er auch angenommen, ich hätte mich von der Brille des Antonio Solís y Rivadeneyra auf dem Frontispiz der zwei Jahrhunderte alten Ausgabe der ›Historia de la Conquista de México‹ inspirieren lassen, oder gar, ich hätte mich in Illustrationen geübt, die das Gedicht über die Brillengläser des arabo-sizilianischen Poeten Ibn Hamdis schmücken sollten. Und während ich dies schreibe, sehe ich diese Gebilde (sowohl figürliche als auch aus Worten bestehende Gebilde) wieder ganz klar vor mir, und das beunruhigt mich noch mehr. Woran mag es wohl liegen, daß ich Spinoza so deutlich in seiner Optikerwerkstatt erblicke, im Schatten des hereinbrechenden Abends, vor sich auf dem Tisch verstreut die Linsen, wie kleine Teiche inmitten einer Landschaft von Manuskripten, inmitten eines Waldes geschriebener Worte (in jener Handschrift des siebzehnten Jahrhunderts, die wie von einem raunenden Wind durchweht zu sein scheint), und woran mag es liegen, daß ich mich so genau an das Porträt des Don Antonio und an die Verse des Ibn Hamdis erinnere? Ist da nicht vielleicht etwas in den Linsen und in den Brillen, das in mir – tief im Unterbewußtsein – ungläubiges Staunen und gleichzeitig panische Unruhe auslöst? Liegt darin vielleicht nicht doch irgend etwas Unbestimmbares versteckt, das mit der Wahrheit und der Angst, diese zu entdecken, zu tun hat? (Und dabei denke ich auch an jene Erzählung von Anna Maria Ortese, in der das sehbehinderte Mädchen nach langer Zeit endlich eine Brille erhält und sich dadurch plötzlich mit dem ungeheueren Elend der neapolitanischen Gasse, in der es zu Hause ist, konfrontiert sieht und von Schwindelgefühlen und Brechreiz befallen wird.)

Zurück also zur Brille von Don Gaetano und der Unruhe, die sie in mir auslöste. War es Zufall, daß sein Zwicker genauso aussah wie jener des Teufels auf dem Bild des Buttafuoco? Schon öfters war ich versucht gewesen, ihn danach zu fragen, aber stets hatte ich dieser Versuchung widerstehen können.

Es gelang mir auch an diesem Abend. Auf seine Aufforderung hin hatte ich mich gesetzt. Zwischen uns stand der Schreibtisch.

»Ich hoffe, ich störe Sie nicht«, sagte ich.

»Niemand stört mich ... Nie!« Und nachdem er mich lange und eingehend betrachtet hatte, wobei er sich wie immer den Anschein gegeben hatte, als nehme er mich gar nicht wahr, fuhr er fort: »Haben Sie eine Frage, ein Problem? Oder wollen Sie uns vielleicht verlassen?«

»Das dürfte ich wahrscheinlich gar nicht. Im übrigen interessiert es mich, wie die Geschichte ausgeht.«

»Die Geschichte wird nicht ›ausgehen‹. Jedenfalls werden Sie nichts erfahren, das Ihre Neugierde befriedigen könnte ... Kann ich Ihnen sonstwie helfen? Wollen Sie vielleicht etwas von mir wissen oder möchten Sie mir etwas anvertrauen? In diesem Moment wollen alle, die hier sind, entweder etwas von mir wissen oder mir etwas anvertrauen.«

»Ja, eine Frage hätte auch ich ...«

»Na also! Dann fragen Sie ruhig.« Und er schob dabei den Zwicker dicht an die Nasenwurzel heran – darum bemüht, mich ja nicht besser zu sehen.

»Heute abend bei Tisch haben Sie in einem gewissen Moment Ihren Pfeil abgeschossen; den präzisen Augenblick, in dem er losschnellte, habe ich zwar nicht wahrgenommen, aber ich sah ihn zwischen Scalambris Rippen stecken, während er noch vibrierte.«

»Sehr gut gesagt, äußerst bildhaft.« Er lächelte unergründlich, vielleicht befriedigt. »Der losschnellende Pfeil, der zwischen Scalambris Rippen steckt ... Wirklich gut gesagt ... Und ich bezweifle auch gar nicht, daß Sie den Pfeil gesehen haben; ganz im Gegenteil, ich habe ihn auch gesehen. Nur habe ich ihn nicht abgeschossen.«

»Wollen Sie damit sagen, daß Sie viele Pfeile abgeschossen haben, ohne zu wissen, welcher sein Ziel erreichen würde?«

Er antwortete nicht.

»Der arme Scalambri«, sagte ich nach einer Weile. Es fiel mir nichts Besseres ein, um das Gespräch mit Don Gaetano wieder aufzunehmen, der ganz offensichtlich darauf wartete, daß ich etwas sagen oder gehen würde.

»Arm: auch so ein Wort, das stets an der falschen Stelle gebraucht wird.«

»Ich glaube nicht, daß ich dieses Wort an der falschen Stelle verwendet habe. Im Gegenteil: ich habe es im Sinne des Evangeliums gebraucht. Ich habe Scalambri einen Moment lang nackt und verwundet gesehen, also arm. Die Nackten kleiden, die Kranken besuchen ... So ähnlich heißt es doch, oder?«

»Im Sinn des Evangeliums ... Sie sprechen also im Sinn des Evangeliums.«

»Ich spiele den Teufelsanwalt.«

»Eine hochinteressante Rolle. Ich habe diese Aufgabe einmal tatsächlich übernommen. Bei einem Seligsprechungsverfahren. Nicht zuletzt auch amüsant ... Aber zurück zu den Nackten und Kranken: Sie erinnern sich ganz recht an diese Worte. Aber vor ein paar Minuten saß Scalambri da, wo Sie jetzt sitzen, in einem maßgeschneiderten, frisch gebügelten Anzug, bei bester Gesundheit ... Und er erpreßte mich.«

»Was? Wirklich?« sagte ich ungläubig.

»Tun Sie nicht so, als wären Sie nicht informiert. Und selbst wenn Sie es nicht sind, so verstehen Sie mich ganz gut.«

»Sie haben recht. War es aber wirklich Erpressung?«

»Nicht im eigentlichen Sinn des Wortes. Er sicherte mir zu, über die Angelegenheit mit den Frauen zu schweigen, sofern ich meinerseits mein Stillschweigen brechen sollte, sozusagen als Gefälligkeit für eine erwiesene Gefälligkeit, wenn nicht gar als Dank dafür.«

»Und wie haben Sie sich dazu gestellt?«

»Ich habe mich bedankt.«

»Sie haben ihm also mehr als nur eine Gefälligkeit erwiesen.«

»Die fünf Namen hätte er schließlich von jedem hier erfahren können. Ich habe ihm noch fünf Geschichten dazu geliefert. Und Ihr Freund hat sich daran ergötzt wie ein Hund, dem man endlich etwas zuwirft, an dem er sich festbeißen kann.«

»Scalambri ist nicht mein Freund. Wäre er es, so könnte ich wohl kaum Ihre Verachtung ihm gegenüber teilen.«

»Ach, Sie verachten ihn? Ich nicht. Ich bringe für Ihren Freund – Pardon! – für den Herrn Staatsanwalt ebensowenig Gefühle auf, wie ich für irgendein Rädchen dieser Uhr Gefühle aufbringe.« Er zeigte auf die vor ihm stehende Tischuhr.

»Für die Uhr als solche empfinden Sie jedoch etwas.«

»Das würde ich nicht behaupten. Es sei denn, Sie wollen es als Gefühl ausgelegt wissen, wenn es mich ärgert, feststellen zu müssen, daß die Uhr gerade dann steht, wenn ich wissen will, wie spät es ist.«

»Genau umgekehrt würde es sich für Sie im Fall von Scalambri verhalten, wenn Sie hinschauten, um sich zu vergewissern, daß er noch immer an der gleichen Stelle seiner Ermittlungen steht, und plötzlich feststellten, daß er vorankommt. Bei der Suche nach den Tätern vorankommt, meine ich natürlich.«

»Womit Sie das wiederholen möchten, was Sie mir gestern schon gesagt haben: daß ich Scalambri bei seiner Suche nach dem Täter unterstützen müsse. Aber das ist Scalambris Aufgabe, nicht meine.«

»Das stimmt nur insoweit, als Sie Aufgabe und Beruf gleichsetzen. Wären wir hier völlig isoliert und fern jeder Gerichtsbarkeit, dann wären wir doch wohl gezwungen, aus eigener Kraft das Gesetz zu schaffen, das hier von Scalambri vertreten wird, und den Schuldigen zu verfolgen?«

»Auch das Gegenteil wäre möglich: Daß alle, jeder jedem gegenüber, zu Schuldigen werden. Denn in Wirklichkeit ist das, was von Ihnen als die Schaffung des Gesetzes bezeichnet wird, nichts anderes als das Ereignis, bei dem jeder zum Schuldigen wird. Aber lassen wir dieses Thema, es führt uns zu weit ab ... Wir sind hier weder isoliert noch fern jeder Gerichtsbarkeit. Ihr Freund Scalambri ist nun einmal hier und verfügt über genügend Autorität und Mittel, um den Täter zu finden ... Und ich entschuldige mich auch nicht dafür, daß ich ihn als Ihren Freund bezeichnet habe, denn ob Sie ihn nun verachten oder nicht, Sie stehen auf jeden Fall auf seiner Seite. Sie können gar nicht anderswo stehen als auf seiner Seite.«

»Gewiß, ich kann nicht anders. Sie dagegen ...«

»Für mich gibt es keine Seite, auf der ich zu stehen habe. Ich warte darauf, daß sich alles vollzieht.«

»Das heißt, daß sich alles nicht vollzieht.«

»Von Ihrem Gesichtspunkt her gesehen ja: Daß sich alles nicht vollzieht. Aber von meinem aus betrachtet ... Erinnern Sie sich an das Lukas-Evangelium? ... ›Ich bin gekommen, daß ich ein Feuer anzünde auf Erden; was wollte ich lieber, denn es loderte schon! Doch muß ich zuvor eine Taufe empfangen, und wie ist mir so bange, bis sie vollendet werde.‹«

»Und welche Taufe ist hier gemeint?«

»Die des Schmerzes, des Todes: eine andere gibt es nicht.«

»Aber um darauf zu warten, bedarf es doch nicht all dieser Umstände. Haben Sie es dazu nötig, ein Hotel zu bauen und zu verwalten und all die übrigen Dinge zu unternehmen, die Sie tun? Und haben es Ihre Freunde nötig zu regieren und zu gebieten – mit Ihrem Segen, wenn nicht gar in Ihrem Auftrag?«

»Diesmal muß ich protestieren: Es sind nicht meine Freunde. Aber auch sie sind das Feuer, dessen Flammen schon auflodern. Und so sehr ich sie verachten mag, so sehr liebe ich sie: ›Sie lodern schon.‹ Was kann ich mehr wollen?«

»Es soll also alles vernichtet werden.«

»Es gibt keinen anderen Ausweg als zu vernichten, zu zerstören ... Unser größter Fehler, das heißt der größte Fehler jener, welche die Kirche gelenkt und geführt haben, war, sich in einem gewissen Moment mit einer bestimmten Gesellschaftsordnung, einer Klasse zu identifizieren. Und dieser Fehler dauert fort, selbst wenn viele heute erkannt haben, daß es ein Fehler war. Im Grunde könnte man sagen: Das achtzehnte Jahrhundert hat uns den Verstand geraubt, das zwanzigste Jahrhundert wird uns zur Vernunft bringen. Und das wird den endgültigen Sieg, den Triumph bedeuten!«

»Das Ende.«

»Aus Ihrem Gesichtspunkt betrachtet ja, das Ende ... Damit wird eine wahrhaft christliche Epoche anbrechen, wie sie die Menschheit noch nie erlebt hat ... Alles wird zu ihrem Sieg beitragen, auch das, was von jenen, die den Verstand verloren hatten oder ihn noch nicht zurückgewonnen haben, als feindlich angesehen wurde: die Wissenschaft, die Übersättigung, der Überfluß. Natürlich werden uns daneben auch weiterhin Unwissenheit und Hunger helfen. Wichtiger und geradezu unvorstellbar ist jedoch, daß uns ausgerechnet die Wissenschaft unterstützen wird, die wir so heftig bekämpft haben! Denn ganz gleich, welche Ergebnisse der Wissenschaft man betrachtet – ob die Ergebnisse der Genetik, der Atomforschung, der Astronomie, ob man Zellbaupläne entschlüsselt, Kernspaltung oder -fusion betreibt, ob man Menschen auf den Mond schickt –, all diese Forschungsergebnisse können nur das Erschrecken und die ehrfürchtige Scheu vertiefen, die schon Pascal angesichts des Universums empfunden hat.«

»Ich habe kaum das Gefühl, daß der heutige Mensch dem Universum mit Entsetzen und ehrfürchtiger Scheu gegenübersteht. Eher scheint mir das Gegenteil der Fall zu sein.«

»Er ist noch zu sehr damit beschäftigt, die Grenzen zu versetzen – etwa wie nach einem gewonnenen Krieg – als daß er diese Empfindungen deutlich wahrnehmen könnte. Aber schon treten Risse und Sprünge auf, aus denen das Entsetzen hervorwuchern wird. Doch die ehrfürchtige Scheu und das Erschrecken angesichts des Universums wird nicht vergleichbar sein mit der Scheu und dem Erschrecken, das der Mensch vor sich selbst und anderen empfinden wird ... Erinnern Sie sich? ›Und so lange widerspreche ich ihm, bis ihm klar wird, ein unverständliches Scheusal zu sein.‹ Und da uns Gott heute mehr denn je widerspricht ...«

»... fliehen wir vor Gott.«

»Man kann nicht vor Gott fliehen. Die Flucht vor Gott ist eine Flucht zu Gott.« Er sagte es mit leiser Verzweiflung, zumindest schien es mir so. Denn als er den Zwikker abnahm und müde die Augen schloß, da wirkte er seltsam zerbrechlich und entrückt, und mit einmal erschien er mir wie ein Mann, der im Kerker alt geworden ist und sich plötzlich daran erinnert, wie er einmal versucht hatte auszubrechen.

Und mit geschlossenen Augen (entweder las er meine Gedanken oder ich die seinen) sagte er: »Der Ausbruch ..« Dann sah er mich an und beugte sich über den Schreibtisch. »Man hat einmal gesagt, der Rationalismus Voltaires erwachse aus einem theologischen Hintergrund, der dem Durchschnittsmenschen ebenso unbegreiflich sei wie jener Pascals. Ich würde da noch hinzufügen, daß die Arglosigkeit von Candide der ehrfürchtigen Scheu von Pascal gleichkommt, sofern sie nicht gar ein und dasselbe sind. Nur findet Candide schließlich einen Garten, den er bebauen kann ... ›Il faut cultiver notre jardin‹ ... Jetzt unmöglich, denn inzwischen ist die große und endgültige Enteignung durchgeführt worden. Und vielleicht kann man deshalb heute wieder alle bereits geschriebenen Bücher nochmals neu schreiben – abgesehen davon, daß man schon jetzt kaum etwas anderes tut, als sie mit nachgemachten Schlüsseln, mit Dietrichen und sogar mit Brecheisen gewaltsam zu öffnen, um sie abschreiben zu können. Alle. Außer ›Candide‹.«

»Aber man könnte es lesen.«

Er machte eine gleichgültige Geste. »Lesen Sie es ruhig.« Dann wurde seine Stimme lebhaft: »Sie sollen und müssen es sogar lesen, um sich bewußt zu werden, wie einsam Sie sind und daß es für Sie keinen Ausweg gibt.« Und sanfter fügte er hinzu: »Warum unterdrücken Sie alles in sich, das Sie zu uns führen würde? Warum widerstehen Sie der Stimme Ihres Inneren?«

»Weil Sie mir widerstehen und weil auch Ihr Gott mir widersteht. Und weil ich kein unverständliches Scheusal bin.« Ich erhob mich. Einmal wollte ich derjenige sein, der ihn stehenließ.

»Gute Nacht«, sagte ich.

Er antwortete nicht.

Nachdem ich Don Gaetanos Arbeitszimmer verlassen hatte, begab ich mich sofort auf mein Zimmer: Ich durchquerte Korridor und Empfangshalle, drückte den Rufknopf an der Aufzugtür, fuhr mit dem Lift bis zum vierten Stockwerk, durchquerte die beiden rechtwinklig zueinander stehenden Korridore, schloß die Zimmertür auf, trat ein und drehte das Licht an. Ich wiederhole diese Einzelheiten, wie sie mir im Gedächtnis geblieben sind. Aber vielleicht hatte ich unten in der Halle doch etwas länger auf den Lift gewartet, als es mir in der Erinnerung schien. Anderenfalls könnte ich mir nicht erklären, wie das Buch auf den Tisch in meinem Zimmer gelangt sein sollte. Es lag auf meinen Zeichnungen, die über den ganzen Tisch verstreut waren. Der schmucklose schwarze Einband (die Franzosen nennen diese Einbandart »reliure janséniste«) trug keinen Titel. Trotzdem wußte ich, noch bevor ich das Buch in die Hand nahm, daß es Pascals ›Gedanken‹ waren. Wie es Don Gaetano gelungen war, dieses Buch in mein Zimmer zu bringen, während ich auf dem Weg dorthin war, kann ich mir nicht erklären, es sei denn, ich hätte, wie gesagt, länger vor dem Lift gewartet, als ich glaubte. Andererseits könnte Don Gaetano das Buch schon vor unserem Gespräch dorthin gelegt haben. Aber diese Erklärung wäre noch beunruhigender.

Zuerst schlug ich das Titelblatt auf, dann die Seiten, zwischen denen das schwarze Lesezeichen lag. Mein Blick fiel auf die rechte Seite, die mit der Nummer 426 begann (Nummer des Gedankens, nicht der Seite), und einen Moment lang überlegte ich, wie es wohl wäre, wenn die Gedanken eines jeden einzelnen von uns, ganz gleich ob niedergeschrieben, ausgesprochen oder auch nur gedacht, nichts anderes wären als die fortlaufend numerierten Daten, die von einem riesigen unsichtbaren Computer erfaßt, verarbeitet und ausgewertet werden. Ich las also Pascals 426. Gedanken: »Seitdem die wahre Natur verlorengegangen ist, wird alles zu seiner Natur; ähnlich dem, als das wahre Gut verloren war, alles zu seinem wahren Gut wurde.« Und dann las ich weiter bis zur Nummer 445. Hatte sich das Lesezeichen zufällig an dieser Stelle befunden oder hatte es Don Gaetano absichtlich als Hinweis für mich dort eingelegt?

Ich wollte nicht darüber nachdenken, und ich hatte auch keine Lust weiterzulesen. Ich klappte das Buch zu, legte es zur Seite und begann zu zeichnen. Und da die Zeichnung als Geschenk für Scalambri bestimmt war, skizzierte ich – so obszön und widerlich, wie ich es nur konnte – einen weiblichen Akt. Wie ich Scalambri kannte, würde er die Zeichnung sofort verkaufen, um sie loszuwerden. Und sicher würde er überrascht sein, soviel Geld für die Zeichnung zu bekommen. Mit dem Erlös würden seine Wertschätzung und sein Neid mir gegenüber steigen.

Nun ist bei mir das Zeichnen – sind einmal Thema und Sujet festgelegt – ein derart automatischer Vorgang, daß ich dabei stets das Gefühl habe, Auge und Hand verselbständigten sich, um ihre eigenen Wege zu gehen, und ließen meinen Geist von allem Ballast befreit zurück. Ich denke während des Zeichnens an ganz andere Dinge, und meine Gedanken erscheinen mir dabei stets klarer und logischer als sonst. Die Glieder der Gedankenkette fügen sich besser aneinander, das Gedächtnis wird schärfer. Während ich nun den Akt für Scalambri aufs Papier brachte, ging ich in Gedanken eine Hypothese durch, die mir kurz nach dem ersten Verbrechen in den Sinn gekommen war. Ich entwickelte sie nicht anders, als sie Monsieur Dupin in den Erzählungen von Edgar Allan Poe entwickelt hätte. Während also Hand und Augen über den Papierbogen glitten, waren meine Gedanken auf dem Platz vor dem Hotel und suchten, in einem Halbkreis von etwa hundert Metern, das umliegende Gelände bis in den Wald hinein ab. Jeden Stein, jeden Baum und jede Unebenheit des Bodens sah ich deutlich vor mir, so als stünde ich am hellichten Tag am Fenster meines Zimmers und sähe all diese Einzelheiten tatsächlich. Aber mehr will ich an dieser Stelle nicht sagen.

Als ich das Gefühl hatte, des Rätsels Lösung gefunden zu haben, war auch die Zeichnung fertig. Doch während die Zeichnung fast zu detailliert ausgeführt war und ein wenig überladen wirkte, war die Lösung des Falls ganz einfach, beinah logisch. Ich vertagte die Überprüfung der Richtigkeit meiner Hypothese auf den nächsten Morgen, legte mich ins Bett und schlief fast sofort ein.

Der Kommissar war der erste, dem ich am nächsten Morgen begegnete. Er saß in einem Sessel der Empfangshalle und blätterte in einer Zeitung.

»Wir haben den Faden«, sagte er mit ironischer Vertraulichkeit und lud mich mit einer Geste ein, mich zu ihm zu setzen.

»Und? Was ist es für ein Faden?«

»Der, den der Staatsanwalt gesucht hat. Aber was sage ich, ein Faden? Tausende von Fäden, und alle ineinander verstrickt... Ein solcher Stoß Photokopien«, wobei er die Hand in Kniehöhe ausstreckte, »Photokopien von Schecks, die Michelozzi ausgestellt hat, und zwar auf die Sonder- und Geheimfonds, über die er verfügte... Ein solches Geflecht von Bestechungen und Korruption, daß der Staatsanwalt darüber noch wahnsinnig werden wird.« Der Kommissar lächelte verklärt.

»Sind denn auch Schecks zugunsten eines der hier einquartierten Gäste dabei?«

»Eines? Aller, ausnahmslos aller! Nicht einer ist hier, der nicht seinen Teil abbekommen hätte.«

»Und folglich?«

»Folglich kann es jetzt zu Hunderten von kleinen Prozessen wegen Unterschlagung, Veruntreuung und Bestechung kommen, bestenfalls zu einem gewaltigen Schauprozeß. Aber ein Motiv für den Mord haben wir nicht, im Gegenteil. Und der Mordprozeß ist in weite Ferne gerückt.«

»Das würde ich auch sagen.«

»Der Staatsanwalt glaubt allerdings, er werde den Schlüssel zum ersten Verbrechen, folglich auch zum zweiten, irgendwo in diesem Scheckstapel finden... Ich will nicht behaupten, daß seine Überlegung aus der Luft gegriffen ist, aber es ist dermaßen schwierig, diese ganzen Vorgänge zu überprüfen, daß es letztlich doch darauf hinausläuft... Der Staatsanwalt hat sich folgendes zurechtgelegt: Michelozzi hat diesen ehrenwerten Herren Gelder zufließen lassen; diese Gelder waren aber nicht etwa für das Schweizer Bankkonto oder die Mätresse bestimmt, sondern für die Partei, für einen Parteiflügel, eine politische Gruppierung, für eine Lobby oder für einzelne Klienten. Einer der Empfänger hat nun das ganze Geld, statt es an die betreffende Stelle weiterzuleiten, für sich behalten; das ganze Geld, und nicht nur einen mehr oder weniger angemessenen Vermittleranteil, wie allgemein üblich. Michelozzi, der Verdacht schöpfte oder über Dritte davon erfuhr, drohte nun ...«

»Drohte womit? Er hätte kaum Anzeige erstatten können.«

»Droht, in Zukunft keine weiteren Gelder locker zu machen.«

»Es hätte sich eine andere Quelle gefunden.«

»Genau das sage ich ja auch ... Trotzdem hat die Überlegung des Staatsanwaltes etwas für sich. Man könnte auch eine andere These aufstellen, in Ergänzung zur ersten ... Gesetzt den Fall, beispielsweise, Michelozzi hätte entdeckt, daß das Geld, das er einem dieser ehrenwerten Herren zugesteckt hat, zur Finanzierung von Unruhen, Anschlägen und Mordplänen verwendet wurde, oder als zweites Beispiel, er hätte eine Zeitlang diese Dinge bewußt finanziert, sich dann aber, als die Sache gefährliche Ausmaße annahm, zurückziehen wollen ...«

»So wird diese Theorie schon annehmbarer. Das gilt allerdings nur für das erste Beispiel, nachdem ja jeder sagt, Michelozzi hätte seinen Nächsten wie sich selbst geliebt.«

»Verzeihen Sie, aber ich glaube, Sie haben keine Ahnung, wozu diese frommen Bürger fähig sind, die mit dem Meßbuch in der Hand ins Bett steigen, von sich selbst sagen, daß sie ihren Nächsten lieben wie sich selbst ... In zwei Monaten – es dünkt mich zu schön, um wahr zu sein – habe ich dreißig Dienstjahre bei der Polizei hinter mir, und glauben Sie mir, die grausamsten Verbrechen, mit denen ich während dieser Zeit zu tun hatte, die kaltblütigsten, die am besten geplanten und am schwierigsten aufzuklärenden, aber gleichzeitig auch die sinnlosesten und einfältigsten sind ausnahmslos von Männern und Frauen verübt worden, die sich ihre Knie in Bet- und Beichtstühlen wundgescheuert haben ... Einige dieser Verbrechen geschahen aus Leidenschaft und

Eifersucht, das versteht sich ja von selbst. Aber bei den meisten ging es um Geld, und zwar um Geld, das geerbt werden sollte – vom Nächsten aller geliebten Nächsten.« Der Kommissar erhob sich. »Ich sehe einmal nach, welchen Faden der Staatsanwalt aus dem Knäuel herausgezogen hat ... Wollen Sie die Zeitung behalten?«

»Nein, danke. Ich mache einen kurzen Spaziergang durch den Wald.«

Und ich ging tatsächlich in den Wald, allerdings um ein paar Nachforschungen anzustellen, die ich mir am Abend zuvor ausgemalt hatte.

Wir trafen uns zum Mittagessen im Refektorium wieder. Don Gaetano war zwar nicht gerade fröhlich – vielleicht war er das nie in seinem Leben gewesen –, aber er wirkte belustigt, so als hätte er für einen von uns, oder für uns alle, irgendeinen Scherz vorbereitet und wartete nun darauf, daß der andere darauf hereinfalle. Scalambri dagegen hatte gerötete Augen. Er sah müde aus und erschöpft, und auch zum Reden hatte er offensichtlich keine Lust. Am Morgen hatte ich ihm die Zeichnung aufs Zimmer bringen lassen. Er dankte mir beiläufig dafür; sie hat ihm also nicht gefallen. Der Kommissar beobachtete ihn halb sarkastisch, halb mitleidig. Ab und zu blickte er zu mir herüber, als wollte er sich vergewissern, daß auch ich merkte, welch trauriges Ende Scalambri bei seinem Bemühen, die Fäden dieses unlösbaren Knäuels zu entwirren, genommen hatte. Der Minister war ziemlich schlecht gelaunt: Erst später erfuhr ich, daß Scalambri einen Scheck, den Michelozzi zugunsten des Ministers ausgestellt hatte, entdeckt und den Minister prompt um eine Erklärung gebeten hatte. Noch schlechter gelaunt war ein weiterer Tischgenosse, der Präsident jener Bank, auf deren Namen Michelozzis Schecks lauteten. Scalambri hatte sich auch den Bankpräsidenten geschlagene zwei Stunden lang vorgeknöpft, allerdings mit dem einzigen Ergebnis, daß er sich den Haß des Bankpräsidenten zugezogen hatte.

Als Scalambri mir für meine Zeichnung dankte, horchte Don Gaetano auf.

»Was stellt die Zeichnung dar, die er Ihnen geschenkt hat?« wandte er sich an Scalambri.

»Einen Akt, einen weiblichen Akt.«

»Aha«, sagte Don Gaetano. Als wollte er fragen: Ist das alles?

»Einen häßlichen Akt«, sagte ich entschuldigend.

»Aha.« Diesmal klang es wie: schon ein wenig besser.

»Aber sehr gut gezeichnet«, ergänzte Scalambri aus reiner Höflichkeit.

»Aber sicher... Oder glauben Sie vielleicht, ein Maler

mit seinem Können, mit seiner Erfahrung und in seinem Alter würde nicht gut zeichnen? Was heißt da gut? Der Professor zeichnet ganz hervorragend, und das gilt für alle seine Arbeiten!« sagte Don Gaetano. Dann, an mich gewandt: »Wie Sie wissen – und ich muß Sie dafür nochmals um Entschuldigung bitten –, kenne ich nur wenige Ihrer Werke, und die meisten nur als Reproduktionen. Aber das Wenige, das ich gesehen habe ... Jedenfalls würde es mich interessieren, ob Sie noch nie etwas gemalt oder gezeichnet haben, das mit unserem Glauben zusammenhängt. Einen Christus, eine Madonna, einen Heiligen, eine Prozession vielleicht, eine Kirche ...?«

»Eine Magdalena, vor ziemlich langer Zeit.«

»Ja, natürlich, eine Magdalena ... Und wie haben Sie sie dargestellt?«

»Als ...«

»Nein, warten Sie. Lassen Sie mich raten ... Sie haben sie als eine Prostituierte im Ruhestand dargestellt: alt, verlebt, mitleiderregend, die Runzeln auf geradezu groteske Weise mit Schminke übertüncht.«

»Erraten«, sagte ich mürrisch.

»Das freut mich; denn es heißt, daß ich anfange, Sie zu verstehen.« Und dann, wie ein Prüfer, der nach der ersten richtigen Antwort zur zweiten schreitet: »Und Sie könnten nicht in Versuchung geraten, je einen Christus zu malen, beispielsweise für uns, für unsere Kapelle? Ich sage ausdrücklich: In Versuchung geraten.«

»Nein, dies könnte mich nicht in Versuchung bringen«, sagte ich hart.

Aber als ich feststellte, daß diese Antwort Don Gaetano zu befriedigen schien, so als werte er sie als eine positive Reaktion, wechselte ich die Tonart: »Nach Redon, nach Rouault ... Nein, ich würde mich nie dazu versucht fühlen.«

»Da haben Sie natürlich recht«, sagte Don Gaetano. Und er wußte wohl genau, daß mich seine Zustimmung irritieren würde.

»Nach Redon, nach Rouault ... Um nicht noch weiter zurückzugreifen: auf Grünewald, auf Giovanni Bellini, auf Antonello da Messina ... Eine der beunruhigendsten Christusdarstellungen ist für mich die von Antonello, die sich heute, wenn ich mich recht erinnere, im Museum von Piacenza befindet: diese unbeschreibliche, von stumpfem Schmerz erfüllte Maske ... Schauderhaft ... Später aber sind es dann sicherlich Redon und Rouault ... Von überwältigender Größe ist Rouaults *Miserere* mit seinem nicht abschließenden, sondern ankündigenden Martyrium ... Damit will ich sagen, daß vielleicht jemand versucht sein könnte anzunehmen, daß mit Rouault die, sagen wir einmal, christologische Passionsgeschichte der Menschheit ihren Abschluß findet, daß dies ihr letzter Aufschrei, ihr letzter Atemzug sei – aber nein, ganz im Gegenteil: Sie fängt von neuem an und bewahrheitet sich ... Redon dagegen ... Redon beängstigt mich zwar nicht weniger als Antonello, jedoch in ganz anderer Hinsicht ... Ich spreche natürlich vom Christus in der dritten Folge seiner *Tentation* ... Man hat den nachhaltigen, fast erschütternden Eindruck, daß es Redon nur infolge einer Erscheinung, einer Offenbarung gelungen sein kann, das Antlitz Christi so darzustellen, das heißt man hat den Eindruck, daß Christus wahrhaftig so ausgesehen haben muß und daß Redon der einzige ist, dem sich dieses Antlitz in seiner vollen physiognomischen Wirklichkeit nach so vielen Jahrhunderten gezeigt hat ... Nicht den Aposteln, nicht den Evangelisten, sondern allein Redon scheint Christus das Geheimnis seines wahren Angesichts offenbart zu haben ... Seine Hände zeigte er der heiligen Theresia von Avila, sein Antlitz Redon. Warum? ... Das frage ich Sie, der Sie über Redon sicherlich mehr wissen als ich.«

»Ich weiß nicht ... Vielleicht, weil sich Redon stets geweigert hat, Nacktes zu betrachten.«

»Nacktes zu betrachten?«

»Doch. ›Je ne regarde jamais ce qui est nu‹ stammt nämlich von Redon.«

»Ganz einfach deshalb, weil er stets über die Nacktheit hinausblickte, weil er die Nacktheit stets wie Röntgenstrahlen durchdrang.«

Merkwürdigerweise hatte ich bisher Redons Christusbildnis tatsächlich mit ähnlichen Gefühlen betrachtet, wie sie Don Gaetano beschrieb. Trotzdem sagte ich: »Für diesen Eindruck gibt es eine ziemlich banale Erklärung, die vielleicht eher der Eitelkeit als der mystischen Inspiration zuzuschreiben ist: Redon wollte Christus ganz einfach anders darstellen als üblich.«

»So sehr anders und mit derart viel Intensität? ... Nun gut, aber wollen Sie eigentlich nur nicht oder reizt es Sie wirklich nicht, Christus auf Ihre Weise darzustellen?«

»Es reizt mich wirklich nicht; aber ich will es versuchen.«

»Aha, Sie wollen also doch ... Sehr gut. Wir werden sehen.«

Und als merkte er erst jetzt, daß sich die anderen langweilten, wechselte er das Thema. »Herr Staatsanwalt, Sie sehen überarbeitet aus.«

»Stimmt«, seufzte Scalambri müde.

»Und Sie, Herr Kommissar, sehr ausgeruht«, ergänzte Don Gaetano boshaft.

»Stimmt auch«, kommentierte Scalambri bissig.

»Daraus kann ich nur schließen«, sagte Don Gaetano, »daß Ihnen diese Untersuchung Kummer bereitet, während der Kommissar dabei Freude empfindet. Und der Kommissar ...«

»Der Kommissar«, sagte der Kommissar, »verläßt Sie in zwei Monaten, womit seine Freude auch schon erklärt sein dürfte.«

»Sie verlassen uns?«

»Die Polizei. Ich gehe in Pension und ziehe mich aufs Land zurück.«

»Sie Glücklicher«, murmelte der Minister.

»Glücklich, weil er die Polizei verläßt?« fragte Don Gaetano mit ironischem Schmunzeln den Minister.

»Aber nicht doch ... Nie würde ich mir erlauben«, fuhr der Minister irritiert auf. »Zu sehr respektiere und bewundere ich unsere Polizei ... Nein, weil er aufs Land zieht, der Glückliche.«

»Das ist ein Vergnügen, das Sie sich sehr leicht gönnen könnten, nicht wahr, Herr Minister, nicht wahr, Herr Präsident ...«

Der Präsident fuhr erschrocken zusammen.

»Der Kommissar muß noch weitere zwei Monate durchhalten, Sie dagegen könnten schon morgen aufs Land ziehen, wenn Sie es wollten.«

Die Laune des Ministers und des Bankpräsidenten verschlechterte sich noch weiter. Wahrscheinlich sahen sie in Don Gaetanos Bemerkung eine Anspielung auf die Möglichkeit, daß sie wegen der von Michelozzi ausgestellten Schecks vorzeitig ihren Rücktritt nehmen mußten. Und vielleicht war dies auch tatsächlich Don Gaetanos Absicht gewesen. Im Duett meinten sie aber: »Schön wäre es!«

»Wieso? Will man Sie auf keinen Fall gehen lassen? Hält man Sie mit aller Gewalt im Amt fest?« fragte Don Gaetano und gab sich dabei den Anschein arglosen Erstaunens.

»Nun ja nicht gerade mit Gewalt«, entgegnete der Minister, »aber sicher ist es nicht einfach, seine Ämter so ohne weiteres niederzulegen.«

Der Bankpräsident nickte zustimmend.

»Insbesondere jetzt«, meinte Don Gaetano zweideutig.

Wollte er damit sagen, man würde sie ohnehin bald vorzeitig in Pension schicken oder sie täten besser daran, sich nicht zu rühren, bevor sie nicht Rechenschaft über ihre Geschäftchen mit Michelozzi abgelegt hätten?

Tatsache war jedenfalls, daß Don Gaetano Andeutungen fallen ließ. Und daß er seinen Spaß daran hatte.

Der Minister brachte den Mut auf, den Worten von Don Gaetano einen anderen Sinn zu geben. »Gewiß, besonders jetzt, da die Dinge schlecht stehen, käme es einer Fahnenflucht gleich, wollte man zurücktreten.«

»Einem Verrat«, präzisierte Don Gaetano spitz.

»Und viel schlechter«, mischte sich der Kommissar ein, »könnten die Dinge wirklich nicht stehen.«

»Nun, wir wollen nicht übertreiben«, sagte der Minister.

»Ja, wir wollen nicht übertreiben«, kam das Echo aus Präsidentenmund.

»Richtig, wir wollen nicht übertreiben«, besiegelte Scalambri die Angelegenheit endgültig.

»Aber stehen die Dinge nun schlecht oder läuft alles bestens?« fragte Don Gaetano die drei.

»Das kommt auf den Gesichtspunkt an«, antwortete der Minister.

»Betrachtet man es unter dem Gesichtspunkt eines

Mannes«, mischte sich der Kommissar wieder ein, »der seine Hände nie in fremde Taschen steckt, so stehen die Dinge schlecht, sehr schlecht sogar.«

Es entstand betretenes Schweigen. Wie bei wohlerzogenen Leuten, die plötzlich einen ungezogenen Flegel in ihrer Mitte entdecken. Schließlich sagte der Präsident: »Das Problem besteht nicht darin, ob man die Hände in die eigenen oder in anderer Leute Taschen steckt, das Problem liegt vielmehr darin ...«

»... auch weiterhin die Möglichkeit zu finden, sich in diesem Geschicklichkeitsspiel zu üben, mit dem man in anderer Leute Taschen noch etwas ausfindig macht«, beendete ich den Satz.

»Der Staat ist kein Taschendieb!« entgegnete mir der Minister indigniert.

»Ganz gewiß nicht«, bekräftigte der Bankpräsident, jedoch mit erheblich geringerer Entrüstung.

»Aber meine Herren«, wandte sich Don Gaetano überrascht an den Minister und den Präsidenten, »Sie werden mir doch hoffentlich nicht wehtun wollen und behaupten, daß es den Staat immer noch gibt ... In meinem Alter und bei all dem Vertrauen, das ich in Sie gesetzt habe, wäre eine solche Offenbarung für mich unerträglich. Bisher hat sich jedermann in Sicherheit gewiegt, daß es den Staat längst nicht mehr gibt ...«

Minister und Bankpräsident wechselten einen raschen Blick und entschieden, das Ganze als einen Scherz aufzufassen. Dann lachten sie los. Als wir uns vom Tisch erhoben, lachten sie noch immer.

Am späten Nachmittag kehrte ich ins Hotel zurück und ging sofort auf mein Zimmer. Es war mir eine Idee für den Christus gekommen, den ich Don Gaetano versprochen hatte. Nicht versprochen, genaugenommen, aber trotzdem konnte ich es nunmehr getrost als ein Versprechen betrachten, das eingelöst werden mußte.

Ich zeichnete fast zwei Stunden lang. Meine Hand war nur geringfügig nervöser als sonst, doch nicht ein einziger Strich brach auch nur unmerklich aus. Ungewöhnlich war lediglich die fast rhythmische Rasanz, mit der sie über das Papier glitt, so als würde sie gebannt den in weiter Ferne verklingenden Rhythmen folgen, einem musikalischen Taktmaß, das nicht die Form eines Themas oder einer Phrase annehmen wollte, aber tief und voll eindrang in die Striche, die fieberhaft über den Zeichenblock zuckten, sowie in die Gedanken und bildhaften Vorstellungen, die noch fieberhafter durch mein Gehirn schossen. Und anders als sonst während des Zeichnens, betrafen diese Gedanken und Visionen nicht Dinge, die in keiner Beziehung zu dem standen, was ich gerade auf dem Zeichenbogen umriß und grob schattierte beziehungsweise überschattete (denn mit Schattieren meinte ich in diesem Falle ganz und gar nicht die Schraffiertechnik, wie sie einem auf Kunstakademien – sofern es noch solche gibt – beigebracht wird).

Plötzlich merkte ich, wie die bis dahin im Hotel herrschende Stille von einem sich nähernden Gewirr aufgeregter Stimmen abgelöst wurde, das sich, vermischt mit Türenschlagen und fahrigem Getrampel, seinen Weg durch das ganze Hotel bahnte, von der Eingangshalle aus durch die Korridore wälzte und Stock um Stock emporstieg. Aber ich rührte mich erst, als der Lärm wieder langsam nach unten abzog und sich in der Halle ballte. Die Halle war vollgepfercht wie am Tag nach dem ersten Mord. Alle redeten hysterisch durcheinander. Jeder fragte jeden: Wann denn? Wo denn? Wie denn?

Jemand hatte Don Gaetano tot aufgefunden. Doch niemand wußte anscheinend wo: ob in seinem Schlafzimmer, im Arbeitszimmer, in der Kapelle oder im Wald. Schließlich schrie einer von draußen: »Im Wald, bei der alten Mühle«, und schon drängte die ganze Herde auf den Platz hinaus, zerstreute sich, strömte aber gleich wieder trichterförmig zusammen, um sich in den Pfad einzuschleusen, der zur alten Mühle führte.

Auch ich ging mit, als letztes Glied einer ziemlich grotesken Marschreihe von immerhin nicht mehr allzu jungen Herren, die fast im Laufschritt über den Waldweg keuchten und stolperten. Und ich hörte, wie sich die vor mir nach Luft japsend fragten, ob Don Gaetano wohl ermordet worden oder eines natürlichen Todes gestorben sei. Als wenn der Tod nicht immer und in jedem Fall natürlich wäre!

Er war ermordet worden. Bei der alten Mühle, oder genauer bei dem großen alten Mühlstein. Und der Mühlstein, von dem sein Körper herabgeglitten war, diente ihm jetzt als Rückenlehne.

Ihn als Leiche wiederzusehen, hinterließ in mir keinen allzu starken Eindruck. Der Tod, der im allgemeinen selbst einem Schwachsinnigen einen gewissen feierlichen Ernst verleiht, nahm der Gestalt Don Gaetanos etwas von ihrer früheren Feierlichkeit. Würdelos und wie aus den Angeln gehoben lag er da. Die fast rechtwinklig gespreizten Beine spannten den Talar, der etwas nach oben gerutscht war und die dicken weißen Wollsocken freigab. Alles starrte auf diese Socken, einmal weil ihr Weiß zwischen den schwarzen Schuhen und dem schwarzen Rock ins Auge stach, und zum zweiten, weil es sich eindeutig um Wintersocken handelte, zur Zeit aber ebenso eindeutig Hochsommer war. Abgesehen von den Socken war es die Brille, die den Blick – meinen wenigstens – magnetisch anzog. An der Schnur hängend, die hinterm Brusttuch befestigt war, lag sie jetzt neben der Leiche an einer Baumwurzel, und zwar in einer eigenartig abgewinkelten Stellung, die genau einen durchs Blattwerk dringenden Sonnenstrahl einfing. Es schien wie das Detail eines Gemäldes aus zweitrangiger Caravaggio-Schule. Zweitrangig deshalb, weil alles am toten Don Gaetano zweitrangig war, verglichen mit dem, was er als Lebender dargestellt hatte.

Neben seiner linken Hand lag ein kleiner kurzläufiger Trommelrevolver. Er lag so dicht neben der Hand, daß einer, der neben mir stand, die Möglichkeit eines Selbstmordes in Erwägung zog.

»Halten Sie denn das wirklich für möglich?« fragte ich.

»Nervlich überspannt sind wir hier schließlich alle«, gab mein Nebenmann gereizt zurück. Und die Tatsache, daß Don Gaetano damit durch einen seiner Getreuen mit allen anderen gleichgestellt wurde, schien meinen Eindruck zu bestätigen, daß der Tod – zumindest in diesem Moment – Don Gaetano etwas von seiner Würde genommen hatte.

Wir standen alle im Halbkreis um den leblosen Körper herum. Scalambri und der Kommissar standen links und rechts der Leiche und beobachteten diese so erwartungsvoll, als hofften sie auf ein plötzliches Lebenszeichen.

Ich löste mich aus der Reihe der Umstehenden und näherte mich Scalambri. Mit einer hämischen Grimasse, so als hätte sich eine von ihm gestellte Prognose bewahrheitet – allerdings zu seinem eigenen Nachteil, da es ihm nur zusätzliche Arbeit und Verantwortung einbrachte –, empfing er mich mit seinem Latein: »Omnia bona trina.« Doch sofort schien er besorgt, der Spruch könnte womöglich allzu befriedigt geklungen haben, das heißt ohne eine Spur jenes Selbstmitleids, das schließlich die Ursache für diesen Spruch gewesen war. »Will sagen: ein schönes Malheur«, verbesserte er sich und spürte sofort, daß er schon wieder das Verkehrte gesagt hatte. Also korrigierte er sich nochmals, und diesmal endgültig: »Ein großes Unheil, ein schreckliches Desaster.«

Und damit starrte der Staatsanwalt wieder auf die Leiche.

»Was mir zu denken gibt ...« sagte der Kommissar, mehr zu sich selbst als zu uns, wobei sein Blick an dem Revolver hing.

»Was gibt Ihnen zu denken?« fragte Scalambri in einem Ton, der deutlich besagte, daß er einen Punkt erreicht hatte, an dem die Überlegungen, Theorien und Schlußfolgerungen des Kommissars für ihn nur noch eine zusätzliche Belastung, aber keine Hilfe bedeuteten.

»Der Revolver«, sagte der Kommissar. »Was ist denn besonderes an dem Revolver?« fragte Scalambri gereizt.

»Am Revolver selbst nichts, aber an der Tatsache, daß er hier liegt, daß man ihn bewußt hat liegen gelassen, damit wir ihn finden. Das muß einem zu denken geben.«

»Und halten Sie es für notwendig, so etwas coram populo zu erklären?«

»Ich hätte es ja auch nicht gesagt, wenn Sie mich nicht danach gefragt hätten.«

Anstatt zu widersprechen, traf Scalambri eine vermutlich nur scheinbar plötzliche Entscheidung. Er wandte sich den eben in seinem Latein als Volk betitelten Umstehenden zu und sagte: »Meine Herren, ich bitte Sie darum, ins Hotel zurückzukehren und sich unverzüglich auf Ihre Abreise vorzubereiten.«

Ein allgemeines Protestgejammer wurde laut.

»Es handelt sich um eine Maßnahme, die zu Ihrer eigenen Sicherheit notwendig ist, meine Herren, und für diese Sicherheit bin ich verantwortlich.«

»Ganz richtig«, sagte der Minister. »Vielleicht hätte man ein bißchen eher daran denken sollen.«

Scalambri überhörte den Vorwurf. Statt dessen befahl er mit einer neu erworbenen Autorität, die jeden Widerspruch von vornherein ausschloß: »Bis heute abend muß das Hotel geräumt werden; selbst die Hauskatze hat zu verschwinden.«

»Katzen«, sagte Pater Cilestri und drängte sich vor, »Katzen haben wir nie gehabt. Wir haben stets Rattengift verwendet ...«

Es war nicht klar, ob er Scalambri nur widersprechen wollte oder ob er vom Kummer verwirrt Scalambris Bemerkung allzu wörtlich genommen hatte. »Aber ich, ich und die anderen Priester, die hier wohnen ...«

»Alle«, wiederholte Scalambri, »alle, habe ich gesagt ... Ich lasse das Hotel schließen, Hochwürden, dichtmachen und versiegeln.« Weicher fuhr er dann fort: »Meine Herren, ich bitte Sie, gehen Sie jetzt und machen Sie Ihr Gepäck fertig ... Wir haben hier zu tun.«

Sie gingen tatsächlich, an der Spitze der Minister.

Der einzige, der wirklich arbeitete, war der Photograph. Dann kam der Arzt. Und schließlich kamen zwei mit einer Tragbahre, legten Don Gaetano darauf und trugen ihn fort. Der Zwicker hing an seiner Schnur über den Rand der Bahre hinab und pendelte im Rhythmus der Schritte der Träger hin und her. Ich folgte ihnen bis zum Leichenwagen, der vor dem Hotel bereitstand. Dann ging ich auf mein Zimmer, um mich für die Abreise fertigzumachen. Ich mußte meine Koffer nur noch schließen. Einen Augenblick lang war ich unschlüssig, ob ich das Buch, das mir Don Gaetano am Abend zuvor in die Hände gespielt hatte, mitnehmen sollte oder nicht. Ich ließ es neben meiner Christuszeichnung liegen.

Es dämmerte noch, aber draußen auf dem asphaltierten Platz hatte ich für einen Augenblick den Eindruck, als riefen die vielen hellerleuchteten Fenster des Hotels die Nacht herbei, um den Einbruch der Dunkelheit zu beschleunigen. Einige Autos fuhren bereits ab. Scalambri und der Kommissar standen da und verfolgten die Evakuierung des Hotels. Ich trat zu ihnen.

»Du hast aber schnell gepackt«, stellte Scalambri mit einem Blick auf meine Koffer fest.

»Es ist verständlich, daß man diese Mördergrube so rasch wie möglich verlassen will«, sagte der Kommissar.

»Würden wir alle weiterhin hierbleiben«, sagte Scalambri, »so würden wir enden wie in dem Roman von Agatha Christie: alle umgebracht, einer nach dem anderen. Und um dann den Täter zu finden, müßte man einen wieder von den Toten auferstehen lassen.«

»Einen Täter werden wir ohnehin nicht finden«, sagte der Kommissar betrübt.

»Und der Revolver?« fragte ich. »Wenn ich mich nicht täusche, hatten Sie vorhin in bezug auf den Revolver eine Überlegung angestellt ... Und ich glaube, daß Ihre Überlegung mit der meinen übereinstimmt.«

»Und die wäre?« fragte mich Scalambri eher tolerant als interessiert.

»Nun, ich frage mich, weshalb wohl der Revolver nach dem ersten Mord verschwunden ist, jetzt aber neben der Leiche von Don Gaetano lag.«

»Genau dasselbe«, sagte der Kommissar, »hatte ich mich auch gefragt.«

»Und wenn nun«, fuhr ich fort, »Don Gaetano von

einem anderen erschossen worden wäre, der wußte, wo der Mörder den Revolver versteckt hatte, oder der die Waffe vielleicht rein zufällig entdeckt haben könnte?«

»O Gott!« stöhnte Scalambri. »Müssen wir denn die Dinge noch komplizierter machen, als sie es schon sind? Michelozzis Mörder hat den Revolver versteckt, und zwar gut versteckt. Niemand kannte das Versteck. Folglich konnte auch niemand den Revolver finden, weder zufällig noch bewußt. Und sollte sich der Kommissar deinen Überlegungen anschließen und deine Auffassung teilen, ein anderer könnte den Revolver gefunden haben, dann muß er damit seine eigene Unfähigkeit eingestehen und seinen Rücktritt bekanntgeben. Denn schließlich war es seine Aufgabe, die Waffe zu finden. Er hat sie zwei Tage lang gesucht: auf den Zimmern, zwischen dem Gepäck, in jedem nur möglichen Versteck und schließlich sogar im Wald.« Und den Zeigefinger drohend auf den Kommissar gerichtet: »Glauben Sie, daß ein anderer die Waffe gefunden hat, daß Don Gaetano nicht von demselben Täter erschossen wurde, der auch Michelozzi umgebracht hat?«

»Ich glaube überhaupt nichts ... Ich kann mir nur nicht erklären, weshalb der Revolver neben Don Gaetano gelegen hat.«

»Weil er nicht mehr gebraucht wurde. Könnte dies nicht die Erklärung sein?«

»Vielleicht«, sagte der Kommissar, der offensichtlich keine Lust verspürte, mit Scalambri weiterzudiskutieren.

»Und warum sollen wir dann noch nach weiteren Erklärungen suchen, die komplizierter sind und alles noch viel komplizierter machen?« Er wandte sich an mich: »Du mußt dir das einmal vorstellen: Während Don Gaetano erschossen wurde, befanden sich fast alle auf ihren Zimmern. Und mit ›fast‹ meine ich alle bis auf dich, den Kommissar, die Polizisten, den Koch und das übrige Dienstpersonal. Und bis auf Don Gaetano natürlich. Jedenfalls waren alle, die als verdächtig gelten könnten, im Hotel, und zwar auf ihren Zimmern. Zumindest beschwören sie das ... Der Polizist, der zwischen Aufzug und Treppenaufgang Wache hielt, behauptet, niemand hätte das Hotel verlassen; es wären bloß ein paar Leute hereingekommen, die er aber nicht vorher hätte hinausgehen sehen. Dasselbe behauptet auch der Beamte, der am Treppenabsatz des Dienstboteneinganges Wache stand. Und der Kommissar, der hier in seinem Liegestuhl Siesta hielt, bestätigt, daß niemand aus dem Hotel herausgekommen und wieder hineingegangen ist … Und was heißt das?«

Da er von uns keine Antwort erhielt, gab er sich diese selbst: »Ganz einfach: Das heißt, daß einer von den dreien, zwei von den dreien oder auch alle drei zusammen sich einen Augenblick lang von ihrem Posten entfernt haben oder daß sie, was noch wahrscheinlicher ist, eingeschlafen sind.«

»Nicht ich«, sagte der Kommissar.

»Also gut: Sie sind weder weggegangen noch eingeschlafen. Und der Polizist, der in der Halle neben dem Aufzug stand, auch nicht. Aber der, der den Dienstboteneingang zu bewachen hatte … A propos, wo befanden Sie sich genau?«

»Dort drüben«, antwortete der Kommissar und wies auf eine bestimmte Stelle des Platzes.

»Und Sie können beschwören, daß Sie von dort aus ständig den Haupteingang wie auch den Dienstboteneingang im Auge behielten, und das, obwohl Sie ja nicht im Liegestuhl lagen, um Wache zu schieben, sondern um sich auszuruhen und zu entspannen?«

»Beschwören kann ich es nicht.«

»Na also, sehen Sie? Der Polizist war also eingeschlafen, und Sie guckten gerade anderswohin, als der Mörder aus dem Hotel geschlichen kam. Eine andere Erklärung gibt es nicht, sofern wir auf dem Boden der Realität und des gesunden Menschenverstandes bleiben wollen. Sobald wir dagegen diese Grundlage verlassen, finden wir natürlich unzählige Alternativen. So könnte einer von uns dreien … Nun, beispielsweise Sie: Sie behaupten, hier im Liegestuhl gelegen und Siesta gemacht zu haben. Aber das behaupten Sie … Und du«, wandte sich Scalambri an mich, »behauptest beispielsweise … Wo warst du eigentlich?«

»Im Wald, um Don Gaetano umzubringen«, sagte ich.

»Siehst du, wohin man kommt, wenn man vom Weg

des gesunden Menschenverstandes abgeht?« rief Scalambri triumphierend. »Man gelangt noch an den Punkt, an dem du, ich und der Kommissar ebenso verdächtig sind wie alle anderen – vielleicht sogar noch mehr –, obwohl uns kein Motiv, kein Beweggrund zur Last gelegt werden kann … Ich sage es ja, mein lieber Kommissar, seit Tagen sage ich es schon: Wir müssen das Motiv finden, das Motiv …«

Einige Augenblicke schwiegen die beiden. Es hatte aufgehört zu regnen; ein Sonnenschimmer glomm durchs Gewölk. Stoßend und rüttelnd war die Kutsche bis in die Gassen der Vorstadt gelangt.

»In diesem Fall weiß ich, was ich zu tun habe«, entschied sich festen Tones Anthimos. »Den faulen Zauber häng' ich an die Glocke der öffentlichen Meinung!«

Julius entsetzte sich: »Mein Freund, Sie bieten sich dem Bannstrahl dar!«

»Wessen Bannstrahl? Auf eines falschen Papstes Bannstrahl pfeif' ich!«

»Und ich dachte, Sie würden diesem Geheimnis etwelchen frommen Trost zu entschlürfen wissen!« seufzte Julius betroffen.

»Sie scherzen wohl, lieber Schwager?!. ... Und wer sagt mir denn, ob Fleurissoire, wenn er das Paradies betritt, dort nicht stehenden Fußes eruiert, sein Herrgott sei gleichfalls nicht der echte?«

»Aber, Anthimos, Sie geraten ins Bizarre! Als wenn es davon zwei geben könnte! Als wenn da ein ANDERER denkbar wäre!«

»Mir scheint, Sie nehmen die Sache doch ein bißchen leicht: Sie, ein soignierter Herr, der nie etwas für ihn geopfert hat und dem der falsche wie der wahre gleichermaßen zum Besten dienen muß! ... Aber erlauben Sie: ich brauche Luft!« Sich zum Fenster hinauslehnend, tippte er dem Kutscher mit seinem Stock auf die Schulter und ließ den Wagen halten. Julius wollte mit ihm zusammen aussteigen.

»Nein, lassen Sie mich allein gehen! Ich weiß jetzt genug, um meinen Weg zu finden! Behalten Sie das übrige, bitte, für Ihren nächsten Roman! ... Ich für meinen Teil schreibe noch heute abend an den Großmeister der Loge, und morgen nehme ich meine wissenschaftlichen Artikel für die ›Dépêche‹ wieder auf. Das wird ein hübsches Gelächter geben!«

»Was? Sie hinken wieder!?« rief Julius, staunend über den an vergangene Zeiten gemahnenden Humpelschritt des sich entfernenden Schwagers.

»Ja, seit ein paar Tagen sind die alten Schmerzen wieder aufgetaucht.«

»Hm, das erklärt vieles!« murmelte der Romancier und ließ sich, ohne dem anderen weiter nachzusehen, in seine Wagenecke zurückfallen.

GIDE, Die Verliese des Vatikan

GAVINO LEDDA
ICH GAVINO
DIE ROMANE PADRE PADRONE
DIE SPRACHE DER SICHEL
BENZIGER